Loslassen

Loslassen Loslassen Loslassen Loslassen Loslassen Loslassen Loslassen

Gerda Durnwalder-Furlan

Loslassen

GEDACHTES
ERLEBTES
RETUSCHIERTES
DASEIN
AUSLEBEN

ZWEITE AUFLAGE

VERLAGSANSTALT ATHESIA · BOZEN

1998

Umschlaggestaltung: Athesiagrafik, Marion Prossliner
Layout: Erwin Kohl
Gesamtherstellung: Athesiadruck, Bozen
ISBN 88-8266-002-8

Vorwort

Vielleicht war es ein Schachzug der zum Leben notwendigen Eigenliebe, vielleicht war es eine Laune des Schicksals,
vielleicht war es der Augenblick, in dem mir die Endlichkeit meines Lebens und Handelns bewußt wurde,
vielleicht war es ganz einfach nur der Wunsch und das Bedürfnis, meine Gedanken in Worte zu kleiden.

Wer sich jedoch irgendwelche »Wahrheiten« erhofft, den muß ich enttäuschen, ich spreche und schreibe hier nur für dieses mein Dasein.

Jeder Mensch bekommt sein Leben als ein persönliches Geschenk der höheren Macht, und es wird seiner inneren Freiheit überlassen, es nach eigenem Gutdünken zu gestalten und zu nützen.

Ich versuchte und versuche dies zu machen und danke all jenen, die mich dabei begleiten und mir auf ihre Art behilflich sind.

Gerda

Gedachtes

Loslassen

Loslassen – ganz einfach loslassen – sich lösen – sachte – mit Gefühl.

Nicht trennen, nicht gewaltsam trennen, nicht reißen,
nur überwinden – über Unebenheiten streichelnd
und verschließend gleiten.

Nicht mitnehmen – nicht hin- oder herüber retten,
einfach lassen – zurücklassen – ganz zurücklassen.

Abschließen – mit einem Schlußstrich abschließen,
keine Zwischensumme – die Endsumme ziehen.

Abschreiben – ganz abschreiben, hinüber schreiben in das Buch
der Vergangenheit, der Erinnerungen, des Gewesenen.

Nur den Gewinn, den Reingewinn –
den ganz reinen Reingewinn – mitnehmen,
die reine Energie – die Kraft des Erlebten – des Durchlebten,
ohne Verzierung – ohne Ballast – ohne Hülle,
aber mit der Bereitschaft, sich neu zu entfalten – zu bilden –
zu wachsen – zu lernen – auszukosten –
auszuleben – neue Formen anzunehmen,
um dann wieder … LOS ZU LASSEN.

Täuschung – Enttäuschung – Ent-Täuschung

Reden – zerreden
urteilen – verurteilen
interpretieren – hinein interpretieren – annehmen.
Vermuten – mutmaßen
glauben – gerne glauben, – aber nicht wissen!
Nicht fragen nicht hinterfragen.
Nicht hören weder anhören – noch zuhören.
Nicht denken weder nachdenken – noch durchdenken.
Nicht fühlen weder mitfühlen – noch nachfühlen.
Nur weiterleiten – weitersagen – weitergeben – dazugeben.
Kritisieren – bewerten – benoten – klassifizieren.
Nicht abwägen – nur belasten
Zerpflücken und dann … liegen lassen.

Vielleicht Neid?
Vielleicht Verachtung?
Selten Bewunderung – meist verhohlene Schadenfreude.
Mitleid? – eher Selbstmitleid.
Ratschläge gute – weniger gute – meist subjektive,
Anerkennung und Lob heischende,
mit den Scheuklappen der Scheinmoral,
mit dem Deckmantel der heilen Gesellschaft,
nur die Hülle, nur das Äußere zählt, einem Sondermüllcontainer gleich!

Warum?

Warum zweifle ich?
Warum zweifle ich an dir?
Warum verzweifle ich mit dir?
Warum zweifelst du?
Warum zweifelst du an mir?
Warum verzweifelst du mit mir?
Warum nehmen wir uns nicht an wie wir sind?
Warum will ich an dir und du an mir etwas ändern?
Warum ändere ich mich nicht selbst?
Warum suche und finde ich die Fehler nur bei dir?
Warum suche und finde ich die Fehler nicht bei mir?
Warum suche ich Schuld und Verantwortung bei dir?
Warum suche ich bei den anderen?
Warum bei der Gesellschaft?
Warum bestimme ich nicht selbst mein Leben?
Warum stelle ich nicht all die Fragen an mich?
Warum suche und gebe ich mir nicht selbst die Antwort darauf?

WARUM?

Allein

Ich K A N N allein – Ich B I N allein.
Dazwischen liegt die Zeit eines Menschenlebens.
Am Anfang wie am Ende unseres Daseins
bedeutet dieses Wort F R E I H E I T
– absolute Freiheit und Selbständigkeit –.
Aber empfinden wir es so?

Wie stolz sind wir auf: ich kann alleine stehen,
ich kann alleine gehen, essen, trinken.
Aber was ist, wenn ich sage: I C H B I N A L L E I N .
Bin ich da noch stolz darauf,
empfinde und sehe ich hier noch die absolute Freiheit?

WARUM EIGENTLICH NICHT MEHR?

Illusionen

Waren es Illusionen oder war es Wirklichkeit, geträumte Wirklichkeit zum Selbstschutz, Selbstschutz gegen die Wirklichkeit?

Habe ich mir was vorgemacht, vorgegaukelt, vorgespielt?

Wenn, dann nur mir selbst aber nicht den anderen, mir selbst, um den anderen zu gefallen und zu entsprechen. Ich habe mich selbst belogen und betrogen, dafür durfte ich mit den anderen – mit der Gesellschaft – mitleben, so wie es sich gehört, wie man es sich vorstellt und wie es sich geziemt. Doch nicht alles in mir ließ sich täuschen, und nun muß ich vor mir Rechenschaft ablegen, die Summe ziehen und Bericht erstatten.

Bin ich ein Feigling oder wage ich ein neues Leben – mein Leben – zu beginnen? Ein Leben mit anderen Dimensionen und Werten, die weder meßbar noch zählbar sind, die ich aber fühlen kann.

Meine Gefühle drohten in den Illusionen zu ersticken. Doch nun huste ich sie ab wie einen zähen Schleim, und mit frischem Sauerstoff füllen sich meine Lungen, mein Blut und Herz.

Die Nebel verschwinden, sie lösen sich auf, die Welt wird bunt und ich l e b e !

Dasein

Dasein füreinander
Dasein miteinander
Dasein nebeneinander

DASEIN

Dasein, wenn man dich braucht.
Dasein, wenn man dich ruft.

DASEIN

Dasein zum Sehen
Dasein zum Hören – zum Reden – zum Fühlen
Dasein zum Lieben
Dasein zum Schenken Dasein zum Nehmen
Dasein zum Freuen Dasein zum Trauern
Dasein zum Genießen Dasein zum Entbehren.

DASEIN, NUR UM DA ZU SEIN
DASEIN ZUM LEBEN!

Der Glaube

Will ich glauben, weil es mir angenehm ist?
Muß ich glauben, weil es ein Dogma ist?
Was kann, darf und versuche ich zu glauben?

Ich glaube, was ich sehe, was ich fühle, was ich höre und rieche, was ich empfinde. Ich glaube die Dinge, die mir einleuchten, die meinem Gedankenmuster entsprechen, oder die man mich glauben macht, weil es so sein muß. Es sind meist Dinge, die einfach sind, und die man irgendwann auch weiß, oder annimmt sie zu wissen.

Aber glaube ich an mich?

Glaube ich an meine Fähigkeiten, meine Vorzüge, meine Fehler und meine Einmaligkeit? Warum habe ich dabei Schwierigkeiten, wo ich mich doch habe und mir gehöre, Zeit meines Lebens kenne und eigentlich annehmen und grenzenlos lieben sollte? Warum glaube ich an mich am allerwenigsten?

Darf ich nicht?

Die Gedanken

Sie kreisen und wirbeln, summen und surren, kommen und gehen immer wieder, flüstern und schreien immer nachdrücklicher, stechender; schmerzender, immer lauter, immer dröhnender.

Sie wollen und drängen hinaus, wollen gelebt, erlebt und ausgelebt werden. Sie wollen konkret werden, sich materialisieren, feste Formen annehmen, einfach dasein, dasein im Nun und Jetzt.

Sie lösen sich, brechen aus und hervor, wie glühende Lava, vieles nehmen sie mit, vieles bleibt an ihnen kleben und haften. Langsam werden sie zähflüssiger, schmiegen sich an die zerklüftete Landschaft, bleiben in Fugen und Nischen hängen, glätten, passen und gleichen sich an und aus. Schubweise, immer wieder innehaltend, nähern sie sich dem Meer der Zeit. Zischend vermählen sie sich mit der Brandung, verdampfen, verflüchtigen sich, tanzen mit den Wellen, kringeln sich auf, thronen auf den Schaumkronen, wehen im Winde, funkeln in der Sonne, spiegeln sich im Wasser, nehmen Farbe an: weiß, aquamarinblau, smaragdgrün, preußischblau, indigo, silbern und leicht violett.

Wie sind sie doch schön, frei und unbeschwert, jetzt, wo sie endlich den Weg fanden und geboren wurden.

Leben ist	**Lust** **Liebe** **Leid** **Leben**	**Leben**

LEBEN – der Zeitraum zwischen Geburt und Tod.
Die kurzen, schönen Augenblicke, die endlos traurigen Stunden.

Ein Wechselbad der Gefühle, das uns schaukelt und immer wieder wachrüttelt, in die Wirklichkeit zurückholt und uns mit beiden Beinen wieder auf die Erde stellt; auf weiche Erde, auf karge zerklüftete Felsen, auf trockenen, glühenden Sand.

Sonnenschein und Regen wechseln sich ab. Weiche, samtene Tropfen rinnen uns wie Öl über das Gesicht, werden groß und hart und trommeln platzend auf unsere Haut, Hagelkörner pfeifen uns um die Ohren, gefrorene Eiskristalle stechen uns wie Nadeln in Hände und Gesicht, weiche Schneeflocken schmiegen sich an uns und decken uns wie eine Decke zu.

Erfrischende Brisen umsäuseln und streicheln uns, Wind zerzaust unser Haar und zerrt an unseren Kleidern, orkanartige Böen schütteln uns und fegen uns fast von der Bildfläche des Lebens.

Doch irgend etwas hält uns hier, jeden fesselt seine eigene Nabelschnur an diese Erde, verbindet uns mit dem Universum, und wenn man sie sich nicht gerade um den Hals schlingt und noch daran zieht, versorgt sie jeden im richtigen Augenblick mit Energien und Kräften, die das Weiterleben ermöglichen und erstrebenswert machen.

Wortspiele um die Frau

FRAUENSPIELE	SPIELFRAUEN
FRAUENARBEIT	ARBEITERFRAU
FRAUENARZT	ARZTFRAU
FRAUENBAR	BARFRAU
FRAUENDOMÄNE	DOMINIERTE FRAU?
FRAUENEHE	EHEFRAU
FREIFRAU	FREIE FRAU?
FRAUENGESCHÄFT	GESCHÄFTSFRAU
FRAUENGLÜCK	GLÜCKLICHE FRAU
FRAUENHANDEL	HANDELSFRAU
FRAUENHANDWERK	HANDWERKSFRAU
FRAUENHERRSCHAFT	BEHERRSCHTE FRAU
FRAUENHAUS	HAUSFRAU

FRAUENHÄUSER: -GEFÄNGNIS, -KLINIK, -KLOSTER, -LAGER

FRAUENLIEBLING	LIEBLINGSFRAU
FRAUENMARKT	MARKTFRAU
FRAUENPOLITIK	POLITIKERFRAU
FRAUENPOWER	BAUERSFRAU
FRAUENPUTZ	PUTZFRAU
FRAUENTRAUM	TRAUMFRAU
FRAUENZIMMER	ZIMMERFRAU

Junge Frau – alte Frau – schöne Frau – häßliche Frau –
dumme Frau – gescheite Frau – kämpferische Frau – unterwürfige Frau –
aggressive Frau – anschmiegsame Frau – gute Frau – böse Frau
Frauen brauchen Frauen – Frauen helfen Frauen – Frauen in Not –
Frauen gegen Not – Frauen über Frauen – Frauen für Frauen

FRAUEN GEGEN FRAUEN? WARUM? FRAUEN GEGEN SICH SELBST?

WANN? ECHTE FRAUEN

Die Menschin – Das Weib

WEIBI – WEIBILE – WEIBLEIN – WEIBANE

WEIBSBILD – WEIBSPERSON – WEIBERMENSCH – WEIBSSTÜCK

WEIBERLEUT' – WEIBSEN – WAB'N –

KINDWEIB – MANNWEIB – UNSCHULDSWEIB
VOLLWEIB – PRACHTWEIB

BETTELWEIB – KLAGEWEIB – SÜNDIGES WEIB

TEUFELSWEIB – BÖSES WEIB – WEIBSTEUFEL

KLATSCHWEIB

DER MENSCH DAS WEIB DIE FRAU

Die Augen

Fragende Kinderaugen, traurige Augen, gütige Augen, kalte, böse, berechnende Augen, lustige, treue, verliebte Augen, wollüstige, gierige, fordernde Augen, kämpferische Augen, freundliche Augen, flinke, neugierige, glänzende, blitzende, vielversprechende Augen – kurz und bündig – sie sind der Spiegel der Seele. Obwohl die fast aus einer anderen Epoche hergeholte Umschreibung »Spiegel der Seele« nicht mehr für unsere Zeit, für unseren Zeitgeist spricht, könnte die Beachtung dieser wahren und immer zutreffenden Eigenschaft in vielen Lebenslagen hilfreich sein. Was gibt es Schöneres, Aussagenderes, Mitteilenderes als ein Augenpaar. Äußerlichkeiten spielen dabei keine Rolle, sie fallen weg, blättern ab und übrig bleibt das Wesentliche, das aber so leicht und gerne übersehen oder nicht gesehen wird. Man beobachtet lieber Falten und Runzeln, Krähenfüße, Schlupflider und Tränensäcke, wer sieht aber die Augäpfel mit der Iris, diese klaren Sterne im Gesicht eines jeden Menschen, die in vielen Farben schillern und ein Fenster zum gesamten Universum sein können? In der Tierwelt nennt man sie Lichter, warum haben sie bei vielen Menschen den Glanz und das Leuchten verloren oder verlernt?

Warum senken sich die Lider, weichen Blicke aus, verstecken sich hinter abschirmender Hand oder dunklen Brillen, irren umher und suchen an Nebensächlichkeiten einen Halt?

Was zwingt uns, unsere Seele zu verbergen, zu maskieren, zu verfälschen oder zu tarnen?

Können oder wagen wir es nicht mehr, uns in die Augen zu schauen?

Kann man einem offenen Blick nicht mehr standhalten?

Kennen wir überhaupt die Augenfarbe und -form unseres Nächsten, unserer Angehörigen, unserer Liebsten?

Bemerken wir, daß die Augen je nach Stimmung und Laune die Farbe wechseln, daß jede Stimmung, Angst und Freude, Glück und Trauer, Zuneigung, wie auch Verachtung und Haß, in jedem Auge zu sehen sind? Daß Augen mehr fragen, loben, lieben, tadeln und strafen können als viele Worte?

Wollen wir uns nicht rückbesinnen und diese Werte und Fähigkeiten wieder aus der Versenkung hervorholen, uns in die Augen schauen, uns an den Händen halten und unsere Blicke tief in die Seele gleiten lassen, wo sich uns so viele Schätze offenbaren, die wir schon lange verschollen glaubten?

Wege

Lange Wege, kurze Wege, breite Wege, schmale, sonnige und leichte, dunkle, gefährliche, krumme, Irr- und Holzwege.

Welcher ist der meine, welcher führt mich an mein Ziel, an mein wirkliches Ziel, nicht in eine hohle, nicht in eine Sackgasse?

Mein Ziel habe ich vor mir, ich habe es in mir.

Ich sehe es noch nicht, es ist versteckt, vielleicht hinter einem Berg, einem Hügel, einem Wald, oder vielleicht ist es hinter der nächsten Wegbiegung. Ich muß nur den Mut haben weiterzugehen.

Umwege waren und werden unumgänglich sein, sie gehören dazu, sie sind meine Erlebnisse und Erfahrungen, die ich machen muß oder darf.

Vielleicht ist das Ziel nicht das Schloß, das ich erträumt habe, nicht das Luftschloß, das ich mir gebaut habe. Vielleicht finde ich fast am Ende meines Wanderns die einfache Holzhütte, die mich beschützt, die mich wärmt, die mir nicht nur ein Dach, die mir auch das richtige Daheim gibt. Ein Daheim, wo ich die Seele baumeln lassen kann und wo nur schöne Gedanken und das Reifezeugnis meiner Lebensschule Platz finden.

Der See

Zuerst rechts, dann in der Mitte, dann links flusch – flusch – flusch, dann wieder tsch – tsch – tsch ganz leise und langgezogen, dann wieder stärker und mit Nachdruck peitschen und streicheln die Wellen den Strand. Ripplemarks in flüssiger Form, im Kleinen vibrierend, fast ein feines Karo bildend, im Großen eine ewige langgezogene harmonische Bewegung nach vorne. Eine blaue Wüste, die sich am Horizont mit dem Himmel vermählt.

Reinigend nicht nur für Seele und Geist, nein auch sich selbst reinigt der See und befreit sich von jeglichem Unrat. Die Wellen schieben ihn vor sich her, puschen ihn an den Strand, nehmen ihn wieder zu einem stärkeren Anlauf zurück und entledigen sich seiner dann endgültig. Ein grünbrauner Streifen, manchmal dünner, manchmal breiter, säumt dann den Rand des Sees. Es riecht nach Wasser, ein bißchen nach Fisch und ein wenig nach Moder. Als wäre die ganze Oberfläche mit Plastikfolie vakuumverpackt, eine Ordnung ohne Kitsch, wie sie nur die Natur kennt und zeigt. Man möchte auf diesem leicht schaukelnden Wasserbett ausruhen, sich einlullen und forttragen lassen, wie auf einem fliegenden Teppich, in die Unendlichkeit des Kosmos, wo Raum und Zeit abbröckeln und abfallen und nur mehr das Sein zählt.

Die Welt

Die Welt – die Erde – ein Planet – unser Planet, der uns gehört, gehört er uns oder gehören wir ihm? Gehören wir ihr, gehören wir zu ihr, der Mutter Erde, die wir so schändlich ausnützen. Warum bedienen wir uns ihrer nicht nur bei Notwendigkeit, warum quetschen wir sie aus, wringen sie aus bis zum letzten Tropfen, und sie duldet uns und unser Dasein. Sie gibt, sie gibt aus ihren tiefsten Tiefen, den weitesten Fluren bis zu den höchsten Erhebungen, alles gehört uns. Und was geben wir zurück? Abfall, Müll, nicht organische Natur, nein wir experimentieren mit Atomen und Molekülen, wir züchten und klonen, wir spielen den lieben Gott.

Es gibt keinen Garten Eden mehr, keine verbotenen Früchte. Die Erde schenkt und gibt alles, sie bietet sich förmlich an und wir, wir nehmen, wir raffen mit Gier, wir zäunen ein, wir grenzen ab, wir bauen Mauern und ziehen Gräben, wickeln Stacheldraht um alles herum, sogar um unser eigenes Herz.

Sind wir eigentlich nicht eingedenk, daß wir nichts mitnehmen, absolut nichts mitnehmen können. Wir können nur hinterlassen, unser persönlich Hab und Gut den Erben (falls noch vorhanden) und die zerstörte Natur der Nachwelt, allen, die nach uns kommen und nach uns noch leben möchten, wirklich leben und erleben möchten. Was wollen wir ihnen dann noch bieten und lassen, vielleicht einen Computer voller Software, damit jedermann bei Knopfdruck nachlesen kann, was und wie es einmal war.

Die Gesetze und die Unendlichkeit des Universums werden auch in dieses auf Zeit programmierte Chaos wieder Ordnung bringen und das Gleichgewicht, das Gleichgewicht der Schöpfung, wieder herstellen. Wer weiß, ob wir da noch dazugehören.

Erlebtes

Liebe?

Du würdest mich lieben, hast du gesagt.
Du wolltest mich beschützen, hast du gesagt.
Du wolltest für mich sorgen und für mich da sein,
hast du gesagt.
Du würdest ganz mir gehören, hast du gesagt.

Ich aber wollte nur Aufrichtigkeit und Vertrauen.

Liebt man wirklich, wenn man zweifelt?
Liebt man wirklich, wenn man nicht vertraut?
Liebt man wirklich, wenn man weh tut,
bewußt weh tut bis tief in die Seele des
angeblich geliebten Menschen?

Ich habe geglaubt, Liebe wäre anders!

Das Leben – Ein Kreis

Anfang und Ende gleichen sich an und nähern sich, sie nähern sich langsam, behutsam unauffällig, aber bestimmt.

Was anfangs nicht gut schien, kann am Ende gut werden, so gut, daß kein Zusammenfügen mehr sichtbar ist, daß alles nahtlos übergeht, daß alles eine Einheit, daß alles eins wird.

Durch ein Kloster schlüpfte ich vor dreiunddreißig Jahren in die Welt und in die Gesellschaft, und durch ein Kloster hoffe ich nun, die Welt in mir und nicht in der Gesellschaft zu finden.

Die Vorsehung hat mich hier her gebracht. Der Weg war nicht der direkteste. Ich fuhr einige Male im Kreise, schlug verschiedenste Richtungen ein, übersah die Straßenschilder oder nahm sie erst im Rückspiegel wahr, jedoch ich kam an. Man nahm mich auf, wie eine, auf die man schon lange wartete. Nun vertraue ich mich ganz dieser Vorsehung an und überlasse mich ganz ihr.

Ich laß mich treiben. Vielleicht spült mich die Brandung an ein Ufer, wo ich nochmals Wurzeln schlagen kann, und vielleicht zeigt sich auch noch zaghaft eine letzte Blüte, gerade noch bevor der erste Frost fällt.

Die Zelle

Eng und karg ist die Zelle. Sie trägt die Türnummer 1.

Ein einfach-verglastes Rundbogenfenster mit innen angebrachten Holzläden bildet den Rahmen zur Außenwelt. Die Backsteinleibung ist gut sichtbar.

Olivenbäume, Pinien und Zypressen stehen gegenüber auf der anderen Straßenseite. Licht und Lärm haben leicht Zugang zum Raum.

Die Wände sind weiß getüncht. Ein einfaches Kreuz hängt oberhalb des Bettes. Nachtkästchen, Tisch, Stuhl und Stehkasten sind von einer heute ungewohnten und nicht mehr gelebten Einfachheit.

Ein dicker Heizkörper läßt für die kälteste Zeit eine vage Hoffnung auf Wärme aufkommen. Rostblüten auf seinen weißen Rippen vernichten aber schonungslos diese Illusion. Dafür findet man im hochbeinigen Stehkasten außer einer Menge verbogener Kleiderbügel auch eine schwere Wolldecke, die aber mehr Gewicht als Wärme verspricht.

Der Oberboden des Raumes besteht aus schönen, neu imprägnierten grünen Holzbalken, die Bretter dazwischen sind weiß bemalt, so bemalt, daß Holzfaserung und Äste noch gut sichtbar sind.

In eine Ecke hat man eine kleine Naßzelle eingebaut. Aus rein materiellen Überlegungen und Erwartungen heraus hat man die all zu große klösterliche Einfachheit, wenigstens was die hygienischen Bedürfnisse anbelangt, den weltlichen Anforderungen einigermaßen angepaßt.

Ein Telefon hängt zwar neben der Tür an der Wand. Um aber mit der Außenwelt kommunizieren zu können, muß man über den Klosterhof in das gegenüberliegende Gebäude, dort gibt es einen Telefonautomaten, wohlgemerkt e i n e n, dafür aber gibt es im Kloster 70 verfügbare Schlafmöglichkeiten.

Der Papagei

Leo heißt der Klosterpapagei.

Resolut und mit Nachdruck wehrt er sofort mit Krallen und Schnabel ab, wenn man sich ihm nähern will. Armer Leo, ein jeder möchte dies, wie soll er da zwischen Freund, Feind und Heuchler unterscheiden können.

Sein »Baum« besteht aus einem 1,50 m hohen Dreifuß, auf dessen halber Höhe ein großer Teller zum Auffangen jeglicher Abfälle angebracht ist. Leos eigentlicher Bereich ist eine Querstange von 50 cm, wo links die Wasserschüssel und rechts der Freßnapf angebracht sind. An seinem rechten Bein ist er angekettet, warum eigentlich frage ich mich, und er wird es sich auch fragen, er weiß doch schon lange nicht mehr, daß er fliegen kann. Weiß er überhaupt, daß er ein Vogel ist?

Mühevoll hangelt er sich an meinem Arm bzw. Pullover hoch. Mit Hilfe seines kräftigen Schnabels hakt er sich immer wieder fest, bis er auf der Schulter einen festen Stand hat. Nun kann ich die Kette von der Stange lösen, und wir gehen, ich einseitig krumm und gebeugt, um ihn nicht unnötig zu erschrecken, er aufrecht balancierend, sich an meinem Schulterpolster festkrallend. Mit seinen gelb-orangen Augen beäugt er die Gegend. Er dreht den Kopf, zupft an meinem Haar, knabbert an meinen Ohrringen und Ohrläppchen und am Reißverschluß meiner Jacke. Er macht dies ganz sachte und behutsam und gibt dabei zufriedene Laute von sich.

Armer Vogel, er kann weder gehen noch fliegen.

Vielleicht sind wir, bin auch ich so wie er. Vielleicht haben wir uns zu lange anketten lassen, bis wir die Ketten nicht mehr fühlten, bis wir glaubten, unser begrenztes Blickfeld wäre die ganze Welt.

Nimmt der Mensch eine plötzlich angebotene Freiheit überhaupt wahr und an, oder sucht er sich gleich wieder einen Platz, wo er sich selbst ankettet oder anketten läßt, um dann sein Leben wieder wie gehabt – dafür aber gewohnt sicher – weiter zu fristen?

Das Leben und die Menschen im Kloster

Im großen Viereck sind die Tische angeordnet, bedeckt mit großkarierten blau-weißen Tüchern. Darauf liegen die Teller verkehrt, das heißt die Öffnung nach unten, obendrauf eine Papierserviette, rechts das Besteck – Messer, Löffel und Gabel – dabei hat jeder Teil nichts mit dem anderen gemeinsam, sie haben sich erst hier zur Einheit gefunden. Wein- und Wasserflaschen, bereits geöffnet und mit Plastikkapsel wieder verschlossen, stehen in der Gruppe, für jedermann erreichbar. Nach dem Tischgebet, welches in riesigen Lettern, gut leserlich, besonders für Neulinge, an die Wand geheftet ist, setzt man sich.

Selbstbedienung!

Die zwei Zivildiener, die aber vom Dienen nicht viel halten, haben sich den Teller schon randvoll mit Suppe gefüllt und löffeln schweigend. Es gibt zwei Arten Suppen, Gemüse und noch eine, für mich undefinierbare, weißliche Brühe, vielleicht hätte sie gut geschmeckt.

Drei Fratres, das heißt der ganze geistliche Inhalt des Klosters, sitzen an der Stirnseite des Tischvierecks, links und rechts je ein Arbeiter, beide führen zur Zeit fast für Gotteslohn Instandhaltungsarbeiten am Kloster aus. Weiters gibt es noch drei Menschen an dieser Tafel, die ich anfangs nicht einordnen kann, aber sie gehören, so glaube ich, hier zum Inventar.

Eine ist Teresa, klein und rundlich von Gestalt mit grauem Haar, ihre Augen bewegen sich flink, als wollte sie alles und alle erfassen, was aber absolut nicht der Fall ist. Sie spricht gerne, viel und immer wieder dasselbe und wenn sie gerade keine Zuhörer hat, bewegt sie trotzdem ständig die Lippen und unterhält sich alleine. Recht hat sie! So wie sie sich gibt, könnte sie ruhig für den gesamten Klosterhaushalt verantwortlich zeichnen, und, wie könnte es anders sein, einige erlauben sich wirklich, dies in Frage zu stellen und einiges besser zu wissen, das heißt besser als Teresa. Sie glaubt, da so ihre begründeten Zweifel haben zu können. Am Morgen, vor dem eigentlichen Frühstück, trinkt sie aus einem winzigen Plastikbecher Mineralwasser, so würde man abnehmen

sagt sie überzeugt und schöpft dann mit großem Genuß aus der Frühstücksschüssel in Gerstkaffee eingeweichtes Brot. Marmelade würde sie keine nehmen, sagt sie, die wäre ihr zu süß, schließlich hat sie, seit sie hier im Kloster lebt, das sind ganze zwei Jahre, 15 Kilogramm zugenommen. Geschäftig erkundigt sie sich dann, wer und wie viele zum Mittag- bzw. Abendessen anwesend sein würden. Dabei streicht sie mit der rechten Hand fast liebkosend eine Haarsträhne aus der Stirn. Sie müßte zum Friseur, sagt sie, denn nach dem Waschen lägen die Haare nicht mehr richtig, ein flotter Kurzhaarschnitt würde ihr gefallen. – Morgen werden wir den Friseurversuch starten, vorausgesetzt es findet sich eine passende, scharfe Schere.

Antonio, Antonio ist sozusagen der Hausmeister. Seine leibliche Schwester ist gestorben, und somit ist er alleine. Sein Vermögen hat er dem Kloster vermacht und hat sich so den Alterssitz und Lebensunterhalt gesichert. Er betätigt die Einkäufe, versucht im schön angelegten aber vernachlässigten Klostergarten ein bißchen Ordnung zu schaffen, holt im baufälligen Glashaus aus einem großen Papiersack eine Handvoll Sonnenblumenkerne und wirft sie im Vorbeigehen in Leos Futternapf. Antonio ist zufrieden, und durch seine Wortkargheit schützt er sich vor unnötigen Verpflichtungen und Auseinandersetzungen.

Claudio, Herkunft und Grund seiner Anwesenheit konnten nicht in Erfahrung gebracht werden. Alt will er jedenfalls werden der Claudio. Er ist am Tisch einer der ersten und schon vor dem offiziellen Start, das heißt vor dem Tischgebet, schüttet er in seinen Teller bodendeckend Olivenöl, beklagt sich, daß es nicht das beste sei, streut eine Unmenge Pfeffer und Salz darauf und tunkt dann alles mit einem frischen, knusprigen Weißbrot genüßlich auf, dann beginnt er die eigentliche Mahlzeit. Mit Teresa hat er überhaupt nichts gemeinsam, sie bringt nur sein Blut in Wallung, denn jede ihrer Äußerungen, und deren gibt es eine ganze Menge, bringen ihn zur Weißglut, und er muß sie dann einfach zurechtweisen.

Don Luigi ist der Superior dieser Gemeinschaft. Er stammt aus der Gegend, hat aber die letzten Jahre bei derselben Ordensgemeinschaft in Sizilien ver-

bracht und wurde erst vor einem Monat mit der Führung dieses Klosters betraut. Wie er das schaffen soll, weiß man, und wie es scheint auch er nicht, denn die Zügel sind schon zu lange in anderen Händen.

Der eigentliche und geeignetere Kommandeur dieses Grüppchens wäre aber, wie könnte es anders sein, Sr. Carmela, und sie ist weiblichen Geschlechts. Nicht nur sondern auch und besonders außerhalb der Klostermauern weiß man, sie würde den Haufen wieder in Schwung bringen.

Don Benedetto – er ist auch nicht mehr der jüngste und nach seinem Aussehen zu schließen, physisch nicht besonders belastbar. In der Beschreibung darf er aber keinesfalls fehlen, auch wenn er wegen seiner asketischen, schmalen Figur leicht übersehen werden könnte. In diesem seinen Leben wird dieses Kloster wohl die letzte Station seiner missionarischen Wanderschaft sein. Er scheint, und so sieht er sich auch, besonders für die geistigen Aufgaben, Anliegen und Belange zuständig zu sein. Wohlwollend und nachsichtig erklärt er Teresa, daß es absolut keine Sünde sei, wenn sie wochentags aus Arbeitsgründen, sie muß nämlich alle Tische decken, eine hl. Messe versäume.

Frater Francesco, Haushaltsminister und gute Seele des Klosters, ißt hastig, und er scheint auch nichts sonderlich zu genießen. Er ißt, damit gegessen ist, ist doch seine Zeit so kostbar. Die ganze finanzielle Last des für die heutige Zeit zu groß gebauten Klosters liegt auf seinen zwar breiten aber schon gebeugten Schultern. Er tut und leistet was in seiner Macht steht, wahrscheinlich manchmal auch mehr. Er bräuchte aber einen jungen, von Idealen beseelten Nachwuchs, den es heute anscheinend nicht mehr gibt. Ist die Zeit dafür vielleicht vorbei und abgelaufen? Hat sich die Aufgabe der Klöster bereits erfüllt? Sollte oder müßte ein anderes Ziel gesucht werden, um die leeren Jahrhunderte alten Klostermauern wieder mit Leben zu füllen, oder will die Geschichte bewußt Gras darüber wachsen lassen, damit der Boden für andere Dinge vorbereitet werden kann.

Die Insel

Aus dem Innersten der Mutter Erde wurdest du geboren, ein spätes Kind dieses Planeten. Reingewaschen durch die Fluten des Meeres stiegst du empor, dampfend und rauchend, voller Kraft und Energie. Naturgewalten durften deine Formen schleifen, glätten und gestalten. Keine Kämpfe wurden auf dir und um dich ausgefochten, keine Kriege beschmutzten dich, und kein Blut tränkte deinen Boden.

Deine Hügel sind weich und rund, deine Strände vielfältig, mit dem feinsten weißen Sand und mit den schwärzesten Klippen und voller verstecktem Leben.

Du bietest allen Ausgestoßenen, Gestrandeten, Hilf- und Heimatlosen deinen harten, aber warmen Boden an. Alle kommen sie zu dir, alle die fliehen und entfliehen wollen.

Du bist unbelastet und kannst viel menschlichen Unrat und Abfall vertragen, ertragen und säubern helfen. Danke!

Spaziergang nach Mazon

Der Wind, ein Frühlingswind – kein lauer – rüttelt und reißt stürmisch, fährt durch das Gestrüpp und durch die Sträucher, biegt die Bäume und Büsche synchron nach einer Richtung, läßt sie zurückschnellen, dann ein Weilchen ruhen und drückt sie mit neuer Kraft nach vorne. Die Äste bieten keinen großen Widerstand, sie tragen noch kein Laub, die Blattknospen sind mächtig angeschwollen, und ein leichter grüner Schimmer liegt über dem ganzen Hang. Das zarte Gelb der Kornelkirsche und die weißen Blütenquasten der wilden Kirschbäume lockern auf, düster und winterlich stehen die Eiben dazwischen.

Kleinen, braunen Mäusen gleich, wirbeln, rollen und springen dürre, herzförmige und runde Blätter von Espen, Pappeln, Birken und Haselnußsträuchern über den Wiesenboden, stoppen, nehmen wieder einen Anlauf, bleiben liegen, bleiben hängen, verdecken die ersten kleinen, noch stengellosen Blüten des Himmelschlüssels und geben sie dann wieder frei.

Die Erde ist aufgebrochen, sie hat Risse, sie ist durchlässig geworden, durchlässig für den Regen, für neues Leben.

Wie kleine Zentifolien-Rosen schieben sich die jungen Blatttriebe der Dolomitenakelei aus dem bröseligen roten Erdreich, leere Schneckenhäuser bilden ein kleines Stilleben. Zwischen den dürren, gebleichten Grashalmen des letzten Jahres kündigt sich der später so großblättrige Huflattich mit kleinen goldenen Sonnenrädern an. Der pelzige, dicke Stengel trägt seine Blütenköpfe, wird täglich länger und dreht sich ganz beflissen der Sonne entgegen.

Über einer nicht sehr hohen Trockenmauer aus länglichen, kantigen Kalksteinen fallen die dürren und faserigen Triebe der Waldrebe und wie stachelige Fangarme die der Brombeere. Regen und Frost haben die Fugen zwischen den gräulichen, spröden Steinen mit Erdreich gefüllt, das sich durchdrückt und nach vorne quillt. Queckengras, Löwenzahn und Brennessel haben sich verankert und sichern sich mit vielen Wurzeln ihren Standplatz.

Efeu bedeckt den schattigen Waldboden; getarnt durch ihre schöne Zeichnung, schlängeln sich die Blätter der Waldzyklame mit weichen, biegsamen Stengeln dazwischen, auf ihrer Unterseite verbergen und horten sie die lila Farbe der späteren Blüten.

Nicht ein blauer Stern, nein Sträuße von Leberblümchen, das kräftige Rosa der Erikablüten und der zarte Pfirsichduft der Buchsblättrigen Kreuzblume locken die ersten Bienen an. Die Natur freut sich, daß sie erfreuen darf.

Wie ein sich nach Norden verengender Trichter, mit Fluchtpunkt Bozner Talkessel, ziehen sich die Rebanlagen über die Hochebene, flankiert und begleitet von blühenden Mandel-, Zwetschgen- und Pfirsichbäumen.

Castelfeder und Mitterberg machen einer fruchtbaren Ebene Platz. Die Etsch fließt träge und teilt das breite Tal. Sie teilt nicht alleine, die Autobahn leistet ihr dabei Gesellschaft. Deren Schlaufen, Aus- und Auffahrten haben aber nichts von der fließenden Ruhe, sie sind Zeugen unserer Hast, Eile und Ruhelosigkeit. Die Schönheit und Vielfalt dieses Tales bleiben links und rechts fast unangetastet und unbeobachtet und jenen vorbehalten, die sich noch des einfachen Menschseins besinnen.

Bergfrühling

Im Tal und an den Hängen des Mittelgebirges quillt der Frühling bereits über, die Natur hat beinahe schon die sommerliche Fülle erreicht, die Blütenstände verwandeln sich in Fruchtstände. Langsam, sehr langsam schiebt sich die Mütze des Winterschlafes der Waldgrenze entgegen. In Mulden und Senken versteckt liegt grobkörniger, mit Lärchen-, Fichten- und Föhrennadeln gespickter, fauler Schnee. Er wartet auf den erlösenden Strahl der Frühlingssonne, um dann das gespeicherte Naß an die Erde zurückzugeben und den Kreislauf der Natur erneut einzuleiten.

Das Leben regt sich äußerst behutsam. Vorsicht ist geboten. In den Nächten lauert noch der Frost, er droht und drückt mit seinen eisigen Fingern alles Vorschnelle wieder in den warmen Schoß der Erde zurück.

Die langen Zweige der Lärche fallen wie ein Vorhang aus Stacheldraht und lassen vorerst noch den Blick zu den verschneiten Bergspitzen frei. Der Saft ist schon in ihren Ästen, sie wirken voller und biegsamer, die purpurnen Blüten und die zartgrünen Nadelbüschel werden sehr bald Farbe in den Wald bringen.

Die Rehe, durch das graubraune Winterkleid getarnt, bewegen sich sicher zwischen den gleichfarbigen Baumstämmen, nur der weiße Spiegel verrät sie. Radargleich drehen sie ihre Lauscher und spähen nach allen Seiten, um dann wieder an den ersten grünen Grasbüscheln zu rupfen.

Die Schwarzbeerstauden ragen blattlos aus dem Moos, das noch von einem netzartigen Schleier überzogen ist. Der Frühjahrsputz muß erst beginnen.

Die Kehren der Forststraße wurden bereits im Herbst vom Sommerschutt befreit. Tiefe Radspuren hat ein Traktor in den weichen Boden des Weges gedrückt. Das letzte Heu des Vorjahres wurde aus der Almhütte geholt. Aus einer Almhütte, die noch mit ihrer alten Seele atmet, die noch für einen vorbeiziehenden Wanderer offen steht, die nicht mit neuen Fensterläden und riesigen Vorhangschlössern versehen ist. Eine Almhütte, in der noch ein alter Senner den Sommer verbringt, wo Schweine- und Kuhstall noch ihren Zweck erfüllen und wo sich nicht vom Dach ein Kabel für Transformator und Fernseher kringelt. Eine Almhütte, in der es nach Holz, Rauch und Käsewasser riecht, wo in einer alten Blechdose, von ungelenker Hand, liebevoll einige Almblumen eingefrischt wurden, die den alten, dunkelbraunen, roh gezimmerten Holztisch zieren. Man kann sie zählen, diese Hütten. Vielleicht ist die heutige Zweckentfremdung als Übergang und Rettung für eine spätere Zeit zu sehen. Wer weiß, ob sie sich nicht irgendwann wieder mit jenem Leben füllen, für das sie errichtet wurden.

Die ersten Frühlingskrokusse zittern zwischen dem von der winterlichen Schneelast gezeichneten Wiesengras. Weiß, mit zarten violetten Streifen und in der Mitte die goldgelben Staubgefäße, so verheißen sie auch auf dieser Höhe ein neues Werden. »Osterglaslen« nennt sie die Stimme des Volkes.

Sommernacht

Das kalte, fahle Licht der Straßenbeleuchtung fällt, nicht belebend, nur erhellend, jegliche Farbe tötend, auf die umliegenden Häuser. Kleine und große Fliegen, Motten, Käfer und ein dicker Nachtfalter tanzen richtungslos um das Licht, stoßen mit ihren Rüsseln und Nasen an das Glas, entfernen sich, um dann unentwegt wieder zu dieser Lichtquelle zurückzukehren. Es ist ihr Tanz um das »goldene Kalb«, vielversprechend und nichts haltend.

Umrisse und Schatten verlieren in der Ferne ihre Schärfe und Genauigkeit und verdichten sich in der mondlosen Nacht zu einer schwarzen Wand. Wiesen, Bäume, Zäune, Häuser, Wald, Steine und Felsen, alles wird eins, nur der Himmel grenzt sich scharf ab. Zaghaft funkeln und flimmern die ersten Sterne. Die Strecke vieler Lichtjahre hat ihr Leuchten zurückgelegt und überstanden und nun läuft es Gefahr von der sommerlichen Dunstglocke aufgesogen, verschmolzen und gänzlich absorbiert zu werden.

Ein Hund jault und erhält von irgendwo eine Antwort, der Klang von Einsamkeit und Angst schwingt mit.

Die Turmuhr schlägt ehern und durchbricht das leise und doch alles beherrschende, beruhigende Rauschen des Baches.

Die vorbeiführende Hauptstraße ist ein dunkles, hartes Band, das bestimmt und sich seiner Wichtigkeit sicher, die Landschaft durchschneidet. Die vom winterlichen Staub gereinigten Katzenaugen der Randsteine bleiben unbeleuchtet. Wo ist der Lärm des Tages? Ruht wirklich die ganze Welt, oder ruht nur die kleine Welt dieses Tales, weil es fast in einer Sackgasse endet?

Der Weg zur Mühle

Irgendwo hört der Asphalt auf, die Straße wird schmäler, wird zu einem Weg. In der Mitte wölbt sich der üppige Grasstreifen, er fällt links und rechts in die tiefen Fahrrinnen ab. Vorsichtig und langsam tasten sich die waghalsigsten grünen Pioniere in diese Besiedlungsnarben.

In Dorfnähe und doch unberührt ist die Natur.

Einer Schar von Mönchen gleich, die Köpfe züchtig nach unten geneigt, die Kapuze ins Gesicht gezogen, so steht der Adlerfarn im Halbschatten. Er harrt der wärmeren Zeit, um dann die neuen Blätter wie kleine Fäuste dem Licht entgegenzustrecken. Die großen Blütenköpfe der gelben und blauen Veilchen stehen in keinem Verhältnis zu ihren noch bescheiden zusammengefalteten Blättern. Wie kleine Obelisken haben sich die quadratischen Türmchen des Pyramidengünsels dazwischen aufgestellt. Die sonnigsten Plätzchen hat sich die Walderdbeere erobert. Kleinen, mit Tautropfen verzierten Fächern gleich, bereiten sich die Blätter des Frauenmantels auf das Öffnen für den beginnenden Bergsommer vor. Käse und Brot, so nennt man den Sauerklee mit seinen weißen Blütenglocken, sein ist das Schattenreich.

Außer von großen und kleinen geschäftigen Waldameisen wird der Weg nicht mehr oder nur wenig benutzt. Er führt zu einer Mühle, zu einer alten Mühle, die von den in den letzten Jahrzehnten herangewachsenen Bäumen verdeckt, von Sträuchern geschützt, fast überwuchert, verwittert, ehemals viel und nun ungenützt – nutzlos dasteht, ein Zeuge ihrer Zeit. Lautlos wollte sie in die Vergangenheit hinüberverschwinden, in ihre Vergangenheit des Dienens, Helfens und Gebrauchtseins. Doch nun hat man sich, absolut nicht in ihrem Sinne, ihrer erinnert. Zum Scheine soll sie gebrauchstüchtig dastehen, zum Scheine das Wasser über das Mühlrad fließen lassen, zum Scheine sich das Mühlrad drehen. Nicht von einem Prinzen wurde sie aus ihrem Dornröschenschlaf geweckt, es waren der Geschäftssinn und der nostalgische Hang an einer falsch verstandenen Vergangenheit, die jetzt in manchen Köpfen materiell gesehen

einen Wert erhalten hat. Das Dach wurde mit neuen Schindeln eingedeckt. Wuchtige, zu wuchtige, Lärchen wurden in allernächster Nähe gefällt, entrindet und ausgehöhlt. Wie Schachtelhalme wurden die roten Stämme zusammengefügt und winden sich nun als hölzerner Lindwurm, bewußt gut sichtbar gemacht, mehr dominierend und erdrückend als zweckerfüllend, vom Bache zum Mühlrad. Noch geht der Bach seinen gewohnten Lauf.

Fein säuberlich wurden Rinde, Äste und Holzabfälle aufgehäuft, sie verströmen in der Nachmittagssonne einen würzigen Harzgeruch, eine Vorahnung an heiße Mittsommertage kommt auf, wo dann der ganze Wald mit diesem Duft für sich wirbt.

Herbst – sein letztes Aufgebot

Berge in Flammen, nicht der Film von Luis Trenker ist gemeint, nein der Lärchenwald im Spätherbst. Große und kleine rotgoldgelbe Lohen züngeln den Berghang hinauf, unterbrochen vom bereits winterlichen Grün der Fichten und Zirbelkiefern.

In engen, sich beinahe überschneidenden Schlaufen führt die Straße zum Paß. Salz wurde bereits gestreut, man will der Natur zuvorkommen. Links und rechts stehen in gewissen bzw. bestimmten Abständen schwarzgelb markierte Stangen, die in einem schneereichen Winter Straßenrand und Schneehöhe anzeigen sollen.

Die ersten angewehten Schneekristalle liegen wie Zuckerwatte auf der Straße, kleben an der Schattenseite der Bäume, an Ästen und Baumstamm, und füllen die Lücken zwischen den Nadeln. Sie plustern sich auf Grasbüscheln und dürrem Laub zu wolligen Häubchen auf, und die Lärchen haben ihre goldigen Nadeln wie karamellisierten Zucker darüber gezogen. Herbst und Winter umarmen sich.

Die Berge wirken kantig und hart, schwarzweiß ragen sie in den kaltblauen Morgenhimmel. Die weichen Grasmatten des Sommers sind verschwunden, alles ist erstarrt und leicht angezuckert.

In geschützten Gesteinsnischen hängen noch vereinzelt glasig gewordene Preiselbeeren an der ledrigen Pflanze; von den letzten warmen Sonnenstrahlen und dem ersten Frost haben sie bereits den typischen Marmeladegeschmack.

Grashalme mit den verschiedensten Fruchtständen wiegen sich samenleer im Wind. Sie haben ihr Pflanzenleben gelebt, ihre Pflicht erfüllt und stehen nun wie filigranes Gold im Gegenlicht.

Knapp unter den Felsen ist ein kleiner Steig ausgetreten, Gamslosung liegt am Boden – ein Wildwechsel führt hier vorbei.

Maulwurfshügel weiter unten sind noch frisch, die aufgewühlte Erde ist schön locker und hat noch nicht die quadratischen Risse einer Frostnacht.

In den Strahlen der sinkenden Sonne finden die Farben für eine kurze Zeit die Wärme des Sommers wieder, Umrisse und Konturen wirken weicher, doch in den langen dunklen Schatten lauert bereits die Kälte des Spätherbsts.

Die Hand erstarrt am Wanderstock, ein kalter Wind verbläst die Erinnerungen.

Spätherbst

Ein Sehnen erfüllt mich und zieht durch meinen Körper, ein unbekanntes oder vielleicht unbeschreibliches, ein nicht enden wollendes Gefühl, ein Gefühl ohne räumliche und zeitliche Grenzen.

Es schmerzt, es schmerzt angenehm und geht knapp an den Tränen vorbei. Vielleicht ist es Wehmut, weil die Tage wieder kürzer werden, die Sonnenstrahlen nur mehr ein fahles Weiß haben und alle Dinge seitlich, fast waagrecht beleuchten, so daß lange, sehr lange, unheimliche Schatten fallen. Die Kontraste werden immer stärker, markanter, bis sie dann wieder ganz verschwinden, nichts mehr bleibt, bis alles nur mehr schwarz ist.

Kirchenglocken läuten, die Töne schwingen, sie schwingen stärker, sie schwingen schwächer, schwingen nach und fallen aus. Es wäre Zeit zum Gebet, zum Abendgebet. Wer denkt noch daran, wer dankt der Schöpfung für das Erhaltene und Gelebte, das Geschenkte und Genommene?

Die Luft wird klarer und fester und fegt die Wärme des Tages weg. Der Boden hat sich mit ihr vollgesogen und gibt sie langsam wieder ab, wenn du barfuß darüber läufst und sich deine Sohlen an ihn schmiegen, wie die Körper zweier Liebender.

Neapelgelb, heißt die Farbe des restlichen Sonnenlichts im tiefen Westen, habe ich mir sagen lassen.

Der Mensch hätte die Sinne, könnte alles wahrnehmen, auch ohne Bezeichnung, doch es muß alles seinen Namen haben, erfaßt und katalogisiert werden können – S C H A D E !

Die Promenade

Wie eine angeschlagene Terracottaschüssel mit verdorrten Speiseresten, so liegt sie vor mir, die Stadt, meine Heimatstadt.

Wohlmeinender Dunst, Rauch und Nebel verhüllen die durch eine Zangengeburt entstandenen, neuen Viertel. Zaghaft mischen sich Gärten und Bäume in die Häuserreihen. Gelbe, sich in der Luft kreuzende Kräne zeugen von Wandel und Leben. Die Entfernung läßt das Siegesdenkmal seine kantige Wucht verlieren, irgendwann wird es der Nebel der Zeit einhüllen und schleifen, es wird nur mehr symbolisch teilen und trennen.

Die neuen, alten Türme von Museum und Deutschhaus lassen uns wissen, daß wir, Dank der Technik, am Alten hängen dürfen.

Wie ein düsteres, normannisches Schloß sitzt Maretsch zwischen den laubleeren Quadraten der noch verbliebenen Weingüter.

Skurrile Giebel der letzten Jahrhundertwende lassen die Sparkassenstraße vermuten. Der schwere, schwarze, neu-romanische Turm der Herz-Jesu-Kirche hilft beim Orten der Museumstraße und des nahen Obstplatzes. Eng aneinander geschmiegte, verschachtelte Dächer und Gauben begleiten die Laubengasse. Im Habsburgergelb leuchtet das Franziskanergymnasium. Unscheinbar grau, zaghaft klein, fast sich für das Dasein entschuldigend, doch für das Wesen des Ordens sprechend, steht das Türmchen der Klosterkirche daneben. Filigran, aber bestimmt schiebt sich dagegen der gotische Sandsteinturm des Domes in die Novemberluft.

Zugbahnhof und Uhrturm sind auch schon zum Denkmal geworden und vom ehemaligen Stadtrand fast ins Zentrum gerückt. Wie ein Blumenkelch verdichten und verbreitern sich die dahinter liegenden Schienenstränge.

Einer hauslosen, langen, graubraunen Nacktschnecke gleich, schiebt sich die Autobahn nach dem offenen Süden, der Eisack begleitet und umspült den Virglberg, auf dem, wie eine kleine Warze, die Kreuzigungskirche sitzt.

Grau, graugrün, graugelb, ockergelb, rostbraun, erdbraun und ziegelrot sind die leicht angestaubten Farben dieser Stadt.

Rauchschwaden und -geruch werden von Rauschen, Hupen, Summen und Dröhnen der lebenden Stadt begleitet.

Waagrechte Wolkenstreifen verbreitern sich schwefelgelb und lachsrot gegen Osten, wo ein kaltes Graublau die Silhouette des Rosengartens andeutet und die hereinbrechende Nacht ankündigt.

November

Es ist noch nicht Winter, aber auch schon lange nicht mehr Herbst.

Ohne wesentliche Unterschiede geht das Licht der Morgendämmerung in das der Abenddämmerung über. Monoton verläuft die tageszeitliche Farbenskala. Keine klaren, vibrierenden, silbernen Sonnenstrahlen in den Blättern und kein Vogelgezwitscher zeigen den Morgen an, es gibt keinen Höhepunkt der Mittagssonne, und die Nacht breitet sich wie eine schwere, nasse Decke über die Landschaft.

Dunkles und helleres Grau sind nun die Farben der Wälder und Berge.

Wie lang und breit gezogene, dünne Watte schweben und ziehen Rauch- und Nebelschwaden durch die Mulden und Einschnitte der Täler. Geheimnisvoll umgarnen sie Hügel und Wälder, lassen Dinge verschwinden und phantasievolle Gebilde erscheinen. Feiner Wasserstaub legt sich auf die ruhende Natur.

Nicht mehr goldgelb, nur mehr zart lachsfarben sind die noch an den Zweigen haftenden Lärchennadeln. Die Äste der alten Fichten hängen zu Boden, sie bereiten sich schon auf eine schwere Schneelast vor.

Moose, ein Wald in Kleinstformat, bedecken den Boden. Sie lassen alles rund und weich erscheinen, legen sich über Steine und Wurzeln, wachsen über die Schnittstellen der Baumstrünke und retuschieren viele Wunden, die der Mensch dem Wald zugefügt hat. Schützend umgeben sie die sperrigen und blattlosen Stengel der Schwarzbeere und die ledrigen Blätter der Preiselbeere und gleichen die Bodenfeuchtigkeit aus.

Die großen Farnblätter hat der Frost geknickt, in einem matt-goldenen Wirrwarr säumen sie den Waldrand. Das dazwischen wuchernde Heidekraut hat die Blütenrispen, jetzt noch blaß und klein, bereits für den Frühling angesetzt.

Die überdüngten Wiesen leuchten in einem Grün, einem aggressiven Smaragdgrün, als könnte das fette, stickstoffreiche Gras auch dem Winter trotzen.

Unregelmäßig, wie die Sterne am Himmel, lockern Maulwurfshügel die grüne Eintönigkeit auf.

Tock, tock, tock – der Specht läßt sich weder von Jahreszeit noch von Witterung von seiner Nahrungssuche abhalten. Mit einem langgezogenen, eher verhaltenen Pieps, Pieps machen sich die Haubenmeisen bemerkbar. Sie finden im Wald noch so viel Futter und die Futterplätze in der Nähe der Häuser sind zur Zeit leer. – Es hat noch nicht geschneit!

Novembertage am See

Der Straßenlärm, er stört nicht, er ist da wie eine Kulisse, einmal dumpfer, einmal weicher, er schirmt die Ruhe am See wie ein dicker Vorhang gegen das Hinterland ab.

Campingplätze und Bars sind geschlossen und verriegelt.

Das Seeufer und der Strand sind leer, menschenleer. Wunderschöne runde Steine und Steinchen bedecken den Boden. Ein Grau in allen Nuancen und Schattierungen, teilweise von helleren oder dunkleren Farben geometrisch durchbrochen und durchzogen. Zigarettenstummel und -schachteln, bunte Papierchen, Metall- und Plastikkapseln, Holz- und Stoffreste, Eisstiele, weiße und grüne Glasscherben, gedörrte oder halb verrottete Wassergräser, Federn und Federchen lockern den wahrscheinlich im Sommer peinlichst gepflegten Strandbelag auf. Die Federn haben die sechs Schwäne gelassen. Plattfüßig stehen sie am Ufer, bis jetzt haben sie geputzt, gezupft und ihr Federkleid zurechtgerichtet, nun liegen Hals und Kopf, eine weiche Schleife bildend, auf dem Rücken zwischen den Flügeln. Regungslos ruhen sie, nur von Zeit zu Zeit öffnen sie die kleinen schwarzen Augen und vergewissern sich, daß diese Welt noch die ihre ist.

Matt silbern ist das Wasser, in ständiger rhythmischer Bewegung rollen und klatschen die kleinen, langen Wellen an das Ufer und schmatzen an den für die Winterpause vertauten Booten.

Wie ein zarter Scherenschnitt schiebt sich eine dunkelgraue Landzunge in den See und unterbricht die Einheit zwischen Himmel und Wasser. Der Himmel spiegelt sich im Wasser, oder das Wasser spiegelt sich im Himmel, beides wäre heute möglich. Der Himmel ist genauso silbergrau, und die dichtgedrängten Schäfchenwolken geben die Bewegung der Wellen wieder. Eine große matte Sonnenscheibe legt von Zeit zu Zeit ein breites, helles Band auf das Wasser, und dann werfen Zypressen und Pinien lange bzw. runde Schatten, und der Uferrand wiederholt sich im See.

Die Mittagspause ist beendet, lautlos gleiten die Schwäne in das Naß. Den langen Hals halten sie nun kerzengerade, in einer hierarchischen Reihenfolge verschwinden sie hinter der Ufermauer.

Einige weiße und orange Bojen schwanken wie Stehaufmännchen auf dem Wasser, und eine Ente mit keckem Schopf am Hinterkopf verschwindet immer wieder kopfüber im Wasser, taucht, auf schüttelt sich, schnattert alleine und dreht dabei ganz geschäftig den Kopf.

Wie auf einer einfachen Kinderzeichnung fliegen einige Möwen, sie durchbrechen das Grau des Bildes, und durch ihr aufdringliches Geschrei zerstören sie ungewollt ihre Eleganz und die Ruhe des Augenblicks.

Ski-Winter

Die Gondeln beginnen ihren gewohnten Reigen. Noch leer, die Fensterscheiben von Eiskristallen fast undurchsichtig, in bestimmten Abständen, numeriert, aber ohne Ordnung aufgereiht, mit Namenszug versehen, schweben sie, geführt und geleitet, den Hang hinauf. Sie überwinden die Stützschwellen, treffen sich in der Mittelstation, nehmen wieder Abstand, um die Höhe zu erklimmen, reihen sich verlangsamend eng aneinander, drehen sich folgsam und kehren wieder in das Tal zurück. Wie ein blinder Esel an einer Wassermühle, so drehen sie ihre gewohnten Runden.

Noch bedecken Nebel und Dunst das enge zerklüftete Tal. Die Bäume sind bereits ohne Schnee aber immer noch winterlich farblos und stumpf. Die Sonne tastet sich zwischen den Bergspitzen hervor. Ihre Strahlen suchen zitternd und bebend die ganze Landschaft ab, breiten sich wie ein Spinnennetz aus, werden länger und wärmer, schenken den Dingen Farbe, lassen Nähe und Ferne und Höhen und Tiefen erkennen.

Mäanderförmige und gerade, größere und kleinere, langgezogene und breite Schneisen sind die Wunden, die der Mensch dem Wald zugefügt hat.

Unter den Aufstiegsanlagen haben die Baumstrünke eine ungewohnte Länge, sie ragen wie Pfähle aus dem Schnee, der sie wie eine weiße Kochmütze bedeckt. Die Bäume mußten ihr Leben lassen, doch als Bodenbefestigung und Lawinenschutz haben sie noch eine Daseinsberechtigung.

Spuren führen den Hang hinauf, in genauem Rhythmus und Abstand, sich wiederholend, geradlinig, zickzack, die Schneise querend und sich kreuzend, Tiere, denen der Rummel nichts anhat, die immer noch der Natur und dem Instinkt gehorchen.

Der Wald wird lichter, die Fichte weicht der Lärche, vereinzelte Zirbelkiefern halten sich am kargen, felsigen Boden. Wie ein Drei-Tage-Bart ziert er die Hänge, versucht zu schützen und zu halten und den Fels zu bekleiden. Irgendwo und -wann ist aber auch seine Kraft zu Ende, er gibt auf, er mußte aufgeben.

Dort wo er nicht mehr kann, muß der Mensch wieder können und mit Beton und Eisen abschirmen und schützen, schützen vor dem weißen Gold. Das weiße Gold unserer Alpen, das sich wie geschlagene Eiweißmasse über die zerklüfteten Felsen zieht.

Gipfel, Spitzen, Grate, Türme, Kämme, Mulden, Kare, Gletscher, Keese, Eiszungen, Schneewächten, weiß, weißweiß, blauweiß, in der Ferne gelbweiß, scharf begrenzt, kantig und weich, großzügig angleichend und verbindend, überbrückend und übergreifend, nach hinten gestaffelt, so liegen die Alpen da, ein bleibendes, ein sich wiederholendes und sich stets veränderndes, ein schweigendes und doch lautes Zeugnis der Größe und Unendlichkeit der Natur.

Dohlen kreisen in der Luft, legen die Flügel an, segeln, die Luftströmung nützend, in die Tiefe, beäugen die Gegend und landen am Vorsprung, in den dürren langen Halmen des Berggrases finden sie Reste unserer Zivilisation, sie räumen auf.

Zwischen den Welten – Zwischen den Zeiten

Es ist dies ein Gefühl, ein seltsames, schönes nicht in Worte zu kleidendes, weil es eben ein Fühlen ist.

Tief in deinem Inneren dehnt es sich aus wie eine Spirale, umfaßt den ganzen Körper, hüllt ihn ein, beschützt ihn und schirmt ihn ab gegen alle und gegen alles.

Weder Jahres- noch Tageszeit spielen eine Rolle.

Der Himmel mag blau, grau, schwarz, silbern wie am Morgen, rot wie am Abend, oder grell wie zu Mittag sein, Wolken können hängen, ziehen oder träge am Horizont sitzen.

Es sind Augenblicke und doch Ewigkeiten. Die Zeit dehnt sich ins Universum aus und schrumpft wieder auf eine Sekunde zusammen. Ein Herzschlag, eine Umarmung, ein Festhalten bis daß man glaubt, das Atmen sei nicht mehr möglich. Man braucht es nicht, man lebt doch, zehrt von einer anderen Kraft, einer Kraft, die Sorgen nimmt, Falten glättet, goldene Wärme und tiefes Angenommensein verströmt. Angenommen sein, so wie man ist, wie man außen und auch innen ist, ohne Maske, ohne Schminke, ohne Alter, ohne Schmuck, ohne jegliches Gewand.

All das erlebt man zwischen den Zeiten und zwischen den Welten. In der dröhnenden Stille der Bergeinsamkeit, wo unordentliche Ordnung herrscht, wo Steine, Felsen, karge Wiesen, Moose und morsches Holz eine Einheit bilden; wo Frühling, Sommer, Herbst und Winter nahtlos übergehen, wo die Blütenfolge zeitlich und räumlich nebeneinander erfolgt; wo Murmeltierpfiffe die Stille zerreißen; wo Wind, Regen, Schnee und Eis wunderschöne Spuren hinterlassen, die keiner Korrektur bedürfen, die aber immer wieder umgeformt und neu gestaltet werden. Es ist kein Vergehen, es ist kein Sein, es ist ein ewiges Werden, und die Natur hat Zeit.

Vergänglichkeit

Du hast den Menschen geliebt damals, du hast ihn geliebt wie er war, wie er sich gab, wie er dich ansah, mit dir sprach, wie er dich liebte.

Du h a s t ihn geliebt, und er war die Liebe wert damals.

Alltag, Gewohnheit und Selbstverständlichkeit kamen dazu, langsam überwucherten sie diese Liebe. Die Aufmerksamkeiten wurden immer weniger und dürftiger, ganz in der Stille erstickte die Liebe, sie war nicht mehr da, sie fehlte wie der Kitt bei einem alten Fenster.

An dieser vielversprechenden Zweisamkeit gab es dann auch keinen grünen Zweig mehr, man konnte auch keine neue Liebe aufpfropfen, und er hätte nie mehr neu ausgetrieben.

Die Wurzeln waren an der Sonne gebleicht. Die Erde gab ihnen weder Kraft, noch Schutz, noch Wasser. Der Kreislauf des Lebens war unterbrochen. Neue Samen gab es keine, und die Früchte dieser gestorbenen Liebe sind nun in alle Winde verstreut und werden sich nach demselben vererbten und vorgelebten Muster lieben und fortpflanzen, wenn sie nicht, ja, wenn sie nicht daraus gelernt haben.

Änderungen und Mutationen sind so leicht möglich, denn Liebe, richtige, echte, schenkende Liebe wird immer weiter leben. Sie ist wie eine Decke, sie hüllt ein, schützt, wärmt, man muß sie nur pflegen und gegen die Motten des Alltags und der Gewohnheit schützen.

Retuschiertes

Retusche

Der Titel meines ersten Buches sollte ein ganz persönlicher werden. Mir gefiel der Gedanke, mit den Buchstaben meines Namens den Inhalt zu umschreiben. Die Worte, die ich mir zu den einzelnen Lettern suchte, ergaben am Ende auch als Satz einen Sinn, einen Sinn, der vor allem meinen Vorstellungen entsprach: »Gedachtes –, erlebtes –, retuschiertes Dasein ausleben«. Als Buchtitel war aber meine »Kreation«, so wurde mir gesagt, zu lang, und so kam es, daß ich mit diesen fünf Begriffen den Inhalt zu ordnen versuchte.

Beim Buchstaben – R – hatte ich aber so meine Schwierigkeiten. Während einer Bergwanderung schwirrten mir alle möglichen und unmöglichen Worte durch den Kopf: Ratio, Richtung, Recht, Ratschläge, Rätsel, Ruhe, Regung, Relikt, Ruhm usw., daheim nahm ich noch den alten Duden zu Hilfe und irgendwann gelangte ich zu den Begriffen »Retusche, Retuscheur, retuschieren«, sie waren mir seit meiner frühesten Kindheit geläufig. Plötzlich waren meine Gedanken daheim in Neumarkt, in den Anfängen der fünfziger Jahre. Heute nennen wir sie die Zeit des Wiederaufbaus und dies betraf sowohl die Großen, als auch die Kleinen. Jede junge Familie wollte sich so bald wie möglich eine gute und solide Existenz aufbauen. Mama war noch im Besitze einer Fotografenlizenz, die ihre Mutter nach dem frühen Tode des Mannes beibehalten hatte, und so konnte sie diesen Beruf nach ihren bescheidenen Möglichkeiten ausüben. Das Fotografieren war damals an und für sich schon einige Jahrzehnte alt, aber von der heutigen Warte aus gesehen steckte es noch in den Kinderschuhen. Mama praktizierte einige Monate bei einem alteingesessenen Fotografen in Bozen und richtete sich dann zu Hause ein kleines Atelier und eine Dunkelkammer ein. Ihre Arbeit beschränkte sich dabei fast ausschließlich auf die Ausarbeitung von Paß- bzw. Brustbildern, wie man damals dazu sagte. Dies alles vorausgeschickt, komme ich nun zu meiner Wortwahl. Die Platten (Negative), anfänglich aus beschichtetem Glas, später aus Kunststoff, wurden, bevor sie auf das besonders lichtempfindliche Fotopapier kopiert wurden, retuschiert.

Mama hatte da so ein aufklappbares Holzgestell. Hinter einer Sperrholzplatte befand sich eine Glühbirne, die durch eine runde Öffnung das jeweilige Negativ beleuchtete. Alle Konterfeis der fotografierten Kunden wurden damals retuschiert. Die »Platte« wurde mit einem in Terpentin gelösten Harz ganz leicht bestrichen, und dann korrigierte Mama mit einem extrem lang und nadelfein gespitzten Bleistift alle kleineren und größeren Fehler und Makel, wie die zu harten Stirnfalten an der Nasenwurzel, die Krähenfüße und Tränensäcke um und unter den Augen, die zu tiefen Lachfalten, Warzen, unschöne Muttermale usw. Besonders am Hals erkenne man das Alter eines Menschen, sagte sie mir, und, wie konnte es anders sein, auch zur damaligen Zeit wollte jeder so vorteilhaft wie nur möglich aussehen. Wenn Kundin oder Kunde besonders penibel waren, hatte sie sogar ein Vergrößerungsglas, damit entgingen ihr auch die kleinsten Kleinigkeiten nicht mehr. Ich saß oft dabei und schaute ihr zu, wie sie mit viel Geduld stundenweise retuschierte, kleine Papierhüllen mit dem Namenszug des Kunden und dem jeweiligen Datum versah und zum Kopieren bereit legte. Sechs Abzüge wurden jeweils gemacht. Nach dem Bad in verschiedenen chemischen Lösungen (Entwickler, Fixierer) und Wasser wurden die Bilder meist auf altem Zeitungspapier zum Trocknen ausgelegt, und zu guter Letzt wurde noch der Rand gerade geschnitten.

Heute, mit Hilfe besonderer Beleuchtungsmöglichkeiten, mit Aufsätzen, Linsen und Schminke, ist die Arbeit des Retuschierens überflüssig geworden, und die Negative fallen durch die Möglichkeit des schnellen Farbkopierens auch weg. Die Kunst der Retusche ist aber absolut nicht verlorengegangen, sie wurde nur raffinierter und ausgefeilter, der Computer hat die Arbeit übernommen, die der Anpassungswille, der Wunsch nach Fehlerlosigkeit und Gleichmacherei unserer Gesellschaft fordert. Vielleicht könnte man die Retusche als sanfte Lüge bezeichnen, die dann gar nicht mehr Lüge ist, wenn sie grell beleuchtet wird.

Aber wie schön und angenehm sind doch Nebel und Schleier, sie öffnen jeder Phantasie Tür und Tor, und sollte es sie einmal nicht geben, retuschieren wir eben.

Mensch-Maschine – Maschine Mensch

Was ist Kreation – Was ist Konstruktion?

Wo endet die Schöpfung in der Erschöpfung?

Was ist geblieben von dieser so schönen, harmonischen Ansammlung von Gefühlen, die sich Mensch nennt?

Was hat man alles verändert und angepaßt, wo und wie hat man gehobelt und abgeschliffen, zugekleistert und verklebt, zugedeckt, vergraben und in bestimmte Formen gepreßt. In Formen gedrückt, die zur jeweiligen Zeit gefragt waren und sind, die der aktuellen Norm entsprechen, die nirgends anecken, die nicht auffallen, die sich einfügen, wie in ein Puzzle, die zusammenzustecken sind wie Legobausteine, die gemeinsam ein homogenes Stück oder eine eigene Struktur ergeben, wo keine Eigenheiten mehr zu sehen und zu erkennen sind. Fehlerhafte – Andere – wurden und werden aussortiert und ausgemustert, aus dem Verkehr gezogen, ausgeklammert, ausradiert, eingesperrt, totgeschwiegen, mundtot gemacht, beiseite geschoben, überrollt, ignoriert und letztendlich vernichtet. Innerlich vernichtet und ausgebrannt, abgetötet, aber gesellschaftlich funktionstüchtig gemacht – so schön auf einen gemeinsamen Nenner gebracht – endlich und einfach kann gesagt werden: Mann oder Frau funktionieren.

Intakte äußere Hüllen und Fassaden – versteckte Leere und Schmutz – wie bei einem Papstbesuch in einem armen Dritte-Welt-Land.

Dasein

Farben: Kennst Du den Malkasten der Natur? Ich, für mich, glaubte es. Nun werde ich jeden Tag eines besseren belehrt. Jeden Tag, nein jede Stunde, Minute und Sekunde ändert sich die Farbenskala, so auch bei Regen und Sonnenschein, bei Morgengrauen und Dämmerung und dies nochmals bei jeder Jahreszeit.

Kennst du das Grün des Frühlings, des Sommers und des Herbstes? Auch der Winter hat sein Grün, das matte, tote Grün der ruhenden Nadelbäume und sein Grün, das des Eises, ein kaltes durchsichtiges Grün, das uns vor lauter Schönheit zum Frösteln bringt.

Kennst du das Olivgrün, nicht jenes aus dem Farbenkatalog, nein das richtige. Hast du Olivenbäume genau betrachtet? Sind sie grün, grüngrau, graublau mit Grünstich, oder haben sie auch noch eine Silberpatina?

Gelb, gleißend gelb wie die Sonne; gelb wie blühender Löwenzahn im Frühling; goldgelb wie der Honig; zitronengelb – hast du einen Zitronenfalter genauer betrachtet, er hat seinen Namen nicht von ungefähr; das Gelb – Schwefelgelb der Wolken vor einem Gewitter; das Gelb der Wolken am Abendhimmel, bevor sie sich in ein oranges Licht tauchen und in Purpur übergehen.

Das Ockergelb der südlichen Erde. Das Feld ist bestellt, gepflügt, geeggt, angesät und angewalzt, und es scheint, als würde es ruhen, doch schon liegt der erste Grünschimmer des Wintergetreides wie ein Hauch darüber. Ein Hauch, der bei genügender Feuchtigkeit zu einem zarten kräftig-grünen Teppich wird.

Als man die Grundfarben erklärt bekam: Rot – Gelb – Blau, freute man sich, wenn durch das Mischen von Gelb und Blau ein schönes Grün entstand. Doch wie macht es die Natur, zieht sie im November das Azurblau des Himmels wieder aus den Blättern, damit schönes, zartes, leichtes, kräftiges oder sattes Gelb entsteht. Das Azurblau, das dann im Winter neuaufpoliert über den weißen Schneefeldern strahlt und den Schnee kristallklar und noch weißer sein läßt, im Frühling dann weicher wird und sich im Sommer wie eine nicht mehr ganz saubere Glasglocke über die Landschaft stülpt, im Herbst dann noch einmal aufbäumt und in voller Stärke erstrahlt, ehe im November alles zur Ruhe kommt und sich auf die Wiedergeburt vorbereitet.

Wasser – Ega – Acqua – H_2O

Ein Regentropfen, ein Regentropfen, der die Fensterscheibe – eine dünne Wasserstraße bildend – hinunter läuft, im Licht der Straßenlampe glitzert und leuchtet und das ganze Fenster mit vielen anderen Tropfen zu einem dicht besäten Sternenhimmel werden läßt. Kein »Großer Wagen« und keine »Plejaden«, kein Polarstern, aber viele kleine Diamanten, die alle Farben des Regenbogens in sich vereinen.

Ein Tautropfen, ein Tautropfen, der an der Spitze eines Grashalmes im Sonnenlicht schaukelt und funkelt, der den Boden der Blütenkelche als Wasserperle ziert, der am Blatthals wie ein Cabochon sitzt, verdunstet oder langsam den Stengel abwärts läuft und in der Erde versiegt.

Eine kleine, sprudelnde Quelle, die zwischen frischer Wasserkresse, runden, moosbewachsenen Steinen, mit einem Lauf voller Nischen und Sandgruben kleine Miniaturwasserfälle bildet.

Ein rauschender, manchmal reißender, kraftvoller, fast nicht zu bändigender Wildbach, den Bäume und Felsen nicht aufhalten können, der mit sich führt, was sich ihm in den Weg stellt.

Ein ruhiger, träger Fluß, der allen Rinnsalen bereitwillig sein Bett anbietet, der anschwillt, sich an keine Grenzen und Ufer gebunden fühlt, der sich Platz macht, notfalls seinen Weg selbst sucht und bahnt, alles fortschwemmt, aber auch vieles zurückläßt, meist noch einige Male seinen Namen ändert, um sich dann immer nur als Wasser mit dem Meer zu vereinen.

Pfützen, dunkle Moraste mit klaren Tümpelchen, Kraterseen, Bergseen, große und kleine Wasseraugen der Erde, sie alle sind mit dem kostbarsten Gut unseres Planeten, der Wiege jeglichen Lebens, gefüllt. Erst, wenn es knapp wird, bekommt es seinen unschätzbaren Wert und wird seine grenzenlose Wichtigkeit erkannt, bestehen doch auch wir zu 80 Prozent aus dieser Flüssigkeit und sind uns dessen leider nicht bewußt, vor allem, wenn es um den täglichen, gewissenlosen Verbrauch geht.

Truhen

Sechs stehen in der Diele, zwei links und zwei rechts, eine oben und eine unten. Ihr Alter und ihre Herkunft sind verschieden wie bei einer Familie: Großeltern, Eltern und Kinder. Verschieden ist auch ihr Aussehen. Einfach sind sie und zum Aufbewahren getischlert, leicht verziert und bemalt, auch das Äußere soll seinen Zweck erfüllen.

Die einen stehen behäbig, die anderen kokett an die Wand geschmiegt. Der Deckel geschlossen, das Schloß ohne Schlüssel. Von der Zeit getrocknet und gezeichnet ist auch, was darauf steht, vom Gamsfell bis zum riesigen Glasbierkrug, vom alten Meßbuch bis zum Holzvogelkäfig. Für vieles bieten sie Platz, für vieles sind sie Ablage. Vieles wird darauf nur einige Tage vergessen, weil es gerade im Vorübergehen hingelegt wurde. Auch der Holzwurm hat an und in ihnen seine Arbeit getan, doch nun sind sie davon befreit, frisch gebeizt oder gewachst und aufgerichtet.

Sie sind auch gefüllt, gefüllt bis an den Rand, nicht mit Linnen oder Gewand, nein mit Büchern, Dorfbüchern, vergessenen oder manchmal gesuchten und nicht zur rechten Zeit gefundenen Büchern, alten Schwarten, aber nicht alt genug um wertvoll zu sein, und mit Bildbänden in Hochglanz über die verschiedensten Gebiete unserer Erde, mit Sachbüchern und raumfüllender »schwerer« Literatur.

Gibt es eigentlich auch und wenn, dann w o, den Bücherwurm?

Von
GROSSEN
kleinen Frauen

Als Frau schreibe ich über Frauen, die nicht Geschichte gemacht haben, die aber ein Teil unserer Geschichte sind. Frauen, welche die Gesellschaft, unsere Gesellschaft, wie unsichtbare Säulen tragen und die keinen Orden, keine Auszeichnung, bekommen, die sich auch nichts derartiges erwarten. Sie haben schlichtweg gelebt, das Leben gelebt, das sich ihnen bot, das sie zum Teil leben mußten. Sie haben es aber auf ihre persönliche Art gelebt. Sie haben Geist und Seele mitleben lassen, und sie wußten vor allem, warum sie leben und leben wollten.

Betrachten wir doch unsere Geschichte, die Geschichte der Menschheit. Sie wurde von Männern gestaltet und von Männern geschrieben und beschrieben. Die wenigen Frauengestalten, welche es wagten, sich dazwischen zu drängen, oder die ganz einfach nicht übersehen werden konnten, denen haftete prompt irgend ein Makel an, entweder waren sie häßlich, herrschsüchtig oder sonst in ihrem ganzen Verhalten nicht ganz einwandfrei und deshalb suspekt.

Irgendwann werden auch sie von ihrer Kollektivschuld, FRAU ZU SEIN, befreit werden müssen.

In diesem Falle widme ich mich lieber den unscheinbaren, unbemerkten, unbekannten großen Frauen, die Mütter und Grundstein unserer Gesellschaft sind, die es trotz ihrer Einmaligkeit aber versäumt haben, den Söhnen das Verständnis für den Wert und die Einmaligkeit der Frau weiterzugeben; jenen Frauen, allen Frauen, die es versäumt haben, ihre Werte wie: Menschlichkeit, Intuition, die Fähigkeit, alle Dinge gefühlsmäßig richtig und gerecht einzustufen, ins rechte Licht zu stellen, weil es ihnen Geschichte und Erziehung durch Jahrhunderte anders gelehrt bzw. manchmal verboten haben.

Von einer, die das Leben liebt ...

Es ist ein großes Geschenk, wenn unter den vielen Bekannten und Freunden einige besonders wertvolle Menschen sind. Menschen, welche wirkliche Menschen sind, mit denen man sich auch ohne viele Worte und Gesten versteht und von denen man sich voll angenommen fühlt.

Eine dieser besonderen Menschen ist Irma.

Was ihr Alter anbelangt, könnte sie meine Mutter sein, aber für mich ist sie wie ein starker, großer Baum mit vielen Jahresringen, welche unter der Rinde versteckt sind, sichtbar sind nur ihre vielen, besonderen und wertvollen Eigenschaften. Sie teilt mit mir nicht nur die Einstellung zum Leben und zu dieser Welt, sie hat eine besondere Freiheit des Geistes, sie ist lebensbejahend (auch wenn sie sagt, die Welt wäre für diese Menschen zu schade), wißbegierig und tolerant. Sie versucht immer noch zu verstehen, zu lernen und zu begreifen. Von Irma weiß ich, daß man in späteren Jahren eher bereut, was man im Laufe des Lebens nicht getan hat, was man aus Feigheit, Angst oder wegen der Gesellschaft unterlassen hat. Irgendwann kommt für jeden Menschen die Zeit, wo er nur von den Erinnerungen leben und zehren kann und muß oder darf. Es kommt auch die Zeit, wo die Dinge ihre Schatten und Ecken verlieren, wo nur mehr das Gute und Schöne bleibt. Dies alles füllt dann die Lücken und Leeren eines langen einsamen Tages. Alles wird zu einem eigenen Fernsehprogramm, wo man Regisseur, Schauspieler und Zuschauer sein kann und die Sendungen nach eigenen Wünschen und Vorstellungen gestaltet werden.

Irma sagt es mir immer wieder: Lebe das Leben, nimm die Dinge an, die dir manchmal nur einmal geboten werden! Lebe sie aus, genieße und leide, wenn es deiner Ansicht nach so sein soll! Wir Menschen brauchen und wollen es so. Wie kann man ohne Häßlichkeit das Schöne schätzen und verstehen, unser Geist ist durch die Jahrtausende so gewachsen. Wir brauchen überall die Gegensätze, um richtig zu genießen, richtig zu leiden, aufrichtig zu lachen und bitter zu weinen. Wir, die wir uns manchmal so vollkommen und erhaben wähnen, hätten noch so viel zu lernen und zu erfahren. Geschlecht und Alter spielen dabei keine Rolle, letzteres kann manchmal hilfreich sein, muß es aber nicht. Alter kann grenzenlose Freiheit und Weisheit oder geistigen Schraubstock bedeuten. Die Wahl dafür treffen wir selbst.

Lange war ich in meinem geistigen Maulwurfshügel vergraben oder war es der Mount Everest, der sich auf mir auftürmte. Nun will ich heraus, ich will meine Ecken und Kanten abschleifen bzw. abschleifen lassen, ich will meinen Geist geschmeidig, wendig, tolerant und anpassungsfähig drechseln. Ich will es und werde es auch können, ich werde auch jede Hilfe annehmen, auch wenn sie augenblicklich weh tun könnte.

Das Leben ist ein zu großes Geschenk, als daß man es einfach in eine Form preßt und sich damit jeder weiteren Entwicklung entgegensetzt oder diese unterbindet.

Aber kommen wir wieder zu Irma. 37 Jahre wohnte sie im selben Haus, ein Haus ein bißchen außerhalb des Dorfes, in der Nähe der Rienz. Sie wohnte ebenerdig, und es gab zwar keine gute Isolierung gegen Feuchtigkeit und Bodennähe, dafür hatte sie aber einen schönen, eigenen Garten vor Tür und Fenstern. Sie liebte den Garten, hatte sie doch alles selbst oder im Beisein ihres Mannes und ihrer Tochter bepflanzt. Sie liebte auch die Wohnung, die zwar groß, aber in jeder Jahreszeit kalt war. Die Heizung hat sie vor Jahren einbauen lassen, und da der Flußnahe und somit des Grundwassers wegen kein Tank im Boden versenkt werden konnte, mußte sie jeden Tag mit Holz und Kohle selbst einheizen, natürlich nach vorheriger Entfernung der Asche des Vortages. Alles in dieser Wohnung hatte seine Geschichte und seine Vergangenheit, vom Kleiderständer ihrer Oma bis zum Lampenschirm, den Gefangene des Ersten Weltkrieges in Handarbeit anfertigten und der sogar schon einen Sturz von der Decke überstanden hatte, zu Bruch gingen lediglich die glockenblumenförmigen Muranoglas-Schirmchen, die aus finanziellen Überlegungen niemals mehr ersetzt wurden. Aus derselben Werkstatt stammt auch der Schirmständer; er wurde aus einem österreichischen Geschoß des Ersten Weltkrieges gehämmert und getrieben und mußte aus Platzmangel Besitzer wechseln. Da waren auch noch die ersten Kinderschuhe ihrer Tochter; aus dem Leder einer alten Handtasche hat sie ein Schuster angefertigt, und sie könnten heute noch ihren Dienst tun. Alles hat seine Geschichte, seine Bedeutung und seinen Wert, einen Wert, den man in Zahlen nicht ausdrücken und schon gar nicht bezahlen könnte.

Sie lebte und sie lebt mit Bedacht, genauso macht sie es beim Essen; sie ißt andächtig, läßt alles auf der Zunge zergehen und genießt auch die einfachsten Speisen. Etwas kann sie aber nicht genießen, es widersteht ihr. Merke wohl, es ist nicht die fehlende Intelligenz, die Natur hat diese Gott sei Dank nicht gleichermaßen verteilt, sondern die Dummheit der Menschen und der Mangel an Herzensbildung, mit einem Wort gesagt, die Menschlichkeit, jenes Wort, das uns als Art auszeichnen müßte.

Von einer, die der Himmel geschickt hat ...

Fast als wollte sie den Platz am Gehsteig nicht für sich in Anspruch nehmen, stand sie dort und wartete. Wie ein Fräulein aus einer anderen, vielleicht besseren Zeit war sie bekleidet. Sie trug flache, schwarze Schuhe, rauchfarbene Strümpfe, einen langen, schwarzen, plissierten Rock mit Spitzeneinsatz, eine cremefarbene Bluse mit langen Ärmeln. Die Bluse war bis zum letzten Knopf zugeknöpft, und darüber hatte sie ein durchsichtiges Ding mit eingewebten, schwarzen Samtrosen. An ihrem Hals an einem Samtband hing ein Amethystkreuz und an einer doppelreihigen Granatkette, welche sie von ihrer Frau Mutter geerbt hatte, ein Amulett mit der Abbildung des Schweißtuches der Veronika. Die schlohweißen Haare, die sie streng zurückgekämmt trug, wurden im Nacken von einer großen Samtschleife zusammengehalten.

Ihre Gesichtshaut ist glatt und alabastern. Ihre Augen unter den dunklen, dichten Brauen haben ein Leuchten, das nicht für diese Welt bestimmt zu sein scheint.

Sie kennt nur Geduld, Demut und Gehorsam und lebt danach, aber sie verlangt und erwartet es nicht von den anderen. Sie will nur dienen und erwartet sich dafür nicht den Lohn dieser Welt. Zeit ihres Lebens sah sie darin ihre Aufgabe. Ihre Eltern haben es ihr so vorgelebt, ihr hochwürdiger Herr Bruder hat sich ganz der Kirche geweiht, und auch sie versucht, all das zu geben, was und wie es ihre Kraft erlaubt.

Sie fühlte sich zur Ordensfrau berufen und glaubte dort ihre Erfüllung zu finden. Mit dem Übereifer der Jugend und mit der ganzen Vehemenz ihres glühenden Glaubens trat sie diesen Weg an, doch sie überschätzte ihre körperlichen Kräfte und Reserven. Nach einem fast aufgezwungenen Genesungsurlaub vermochte ihr der damalige hochwürdige Herr Pfarrer klar zu machen, daß sie Gott auch oder besonders dienen könne, indem sie allererst für ihren Vater und dann für alle Hilfesuchenden da sei. Gerade zu jener Zeit wurde in ihrer Heimatgemeinde ein Büro für hilfsbedürftige Menschen eröffnet. Neben ihrer hauptberuflichen Tätigkeit in einem öffentlichen Amt betreute sie von da an und macht es noch heute, alle, die an sie herantraten und treten, gleich welcher sprachlichen oder gesellschaftlichen Herkunft. Die Menschen nicht nur ihrer Heimatgemeinde, sondern der ganzen Umgebung, haben vor ihr jene Achtung, die sie verdient.

Zum hundertsten Geburtstag ihres verehrten Vaters konnte sie sich einen ihrer sehnlichsten Wünsche erfüllen. Mit viel Liebe errichtete sie in ihrem Heimathaus eine Kapelle, eine Kapelle zum Dreifaltigen Gott. In jedem einzelnen Gegenstand hat sie versucht, die Einheit in den Drei Personen wiederzugeben. Jede freie Minute verbringt sie in dieser für sie heiligen Oase der Ruhe. Besonders liebe Gäste und Freunde begleitet sie gerne hin, zeigt und erklärt alles und schließt sie in besonderen Fürbitten ein. Jeden Sonntag betet sie von 13 bis 17 Uhr, und jeder, der das Bedürfnis verspürt, kann sich ihrem Gebet anschließen.

Rechts vor dem Kapelleneingang steht ein Brunnentrog, das Wasser, das aus dem Rohr rinnt, soll heilkräftige Wirkung haben, und jeder Besucher erhält davon einen Stärkungstrunk, und dabei erfleht sie für jeden Menschen den besonderen Schutz und die Gnade der Dreifaltigkeit. Jeder der dort war, ist zufrieden weggegangen und hat auf seine Art und Weise ein kleines Wunder erlebt.

Von einer, die mit beiden Beinen im Leben steht …

1712, und nicht 1716, wie ober dem Eingangstor steht, wurde das Haus erbaut. Übrigens, für das alte Haustor hätte man ihr schon so oft eine neue Tür zum Tausch angeboten. Aber nicht um die Burg würde sie so was tun (vielleicht meint die Salbacherin dabei die Sonnenburg, zu deren Füßen sich ihr altes, denkmalgeschütztes Wohnhaus in eine Kurve der Straße schmiegt, die steil zum Schloßhof führt). Ein altes, vergilbtes Foto – Anno 1915 –, wo die Marie mit ihrer Mutter auf eben dieser Straße steht, zeugt noch von jener Zeit.

Mit großen unregelmäßig verlegten Porphyrplatten ist der Eingang – die Labe – ausgelegt. Alles scheint hier uneben zu sein; Wasserwaage wurde hier sicher keine verwendet, und man hat den Eindruck, als stünden die ganzen Gegenstände nicht auf sicheren Beinen und vor allem nicht gerade. Alles lehnt sich, einen Halt suchend, an die bauchig-buckelige Mauer. Rechter Hand führt eine Tür in die Stube, ein riesiger Bauernofen füllt sie zu fast einem Viertel aus. Jeden Tag trägt Marie während der kalten Jahreszeit vier Schabe zum Beheizen des Ofens hinein, und dies in einem Mal.

Ja, die Marie ist Jahrgang 1903, am 24. Mai – im Zeichen der Zwillinge – geboren und dementsprechend freiheitsliebend ist sie. Sie sei auch photogen, meint sie und richtet sich selbstbewußt in ihrem Gartenstuhl auf, hält den Kopf etwas schief und lächelt gekonnt in die Kamera. Als weiteren Beweis bringt sie Fotos von ihren besonderen Geburtstagen, dem achtzigsten und dem neunzigsten, Marie sitzt in einem Blumenmeer und genießt sichtlich den Augenblick. Seit jeher lebt sie in diesem Haus. Verändert hat sie nicht viel oder nichts, nur ihre Bettstatt hat sie jetzt in der Stube aufgestellt. Erstens hat sie den Fernseher dort und kann ihn somit auch vom Bett aus bedienen, und zweitens ist es immer fein warm und gemütlich.

Mein Gott, sie hätte so viel zum Erzählen, für sie manchmal Belangloses, aber für die heutige Zeit jedoch fast Geschichte.

War sie doch lange Zeit Kellnerin in St. Lorenzen und legte den Weg von der Sonnenburg bis zu ihrer jeweiligen Arbeitsstelle täglich zu Fuß zurück. Damals war und mußte man noch freundlich sein und den Gästen entgegenkommen. Die Bestellungsaufnahme und das Zusammenrechnen erfolgten immer im Kopf, da gab es keinen Block und Schreibstift. Noch heute sei sie im Kopfrechnen unschlagbar. Wenn sie sich mit den Senioren zum Karten trifft, dann hat die Marie lange schon das ganze Spiel überblickt und alles zusammengerechnet, ehe die anderen erst einen Bleistift gefunden haben.

Sie sei immer schon schnell gewesen, und das Langsame, Umständliche liege ihr überhaupt nicht, dann macht sie schon alles lieber selber, wie z. B. die gestrickten Patschen. Die seien überhaupt keine Hexerei. Beim Durnwalder-Hutgeschäft in der Stadtgasse kaufst du dir die entsprechend großen Filzsohlen, und den Rest besorgt die Marie. Sie hat Hunderte von Patschen gestrickt, aber den Strickvorgang zu erklären, nein, das mache sie nicht gerne, dazu habe sie zu wenig Geduld.

Nun, meint sie, hat sie das, was ihr in ihren besten Jahren fehlte: Zeit und etwas mehr Geld. »Hätte ich das doch früher gehabt, ich hätte gewußt, wie ausgeben oder anlegen.«

Drei Lire verdiente sie bei ihrer Arbeit am Tag. Die Fahrt nach Brixen am Kassiani-Sonntag habe sie zehn Lire gekostet. Nein, da ging sie schon lieber zu Fuß und genehmigte sich dann in Mühlbach mit ihren Freundinnen ein »Kracherle«.

Marie sitzt an milden Sonnentagen gerne vor ihrem Haus. Sie hat alles in ihrem Blickfeld und unter Kontrolle: ihr für sie so gemütliches Häuschen mit dem wunderbarsten Blumenschmuck, die Schloßzufahrt und das Nachbarhaus, wo früher die Dorfhebamme wohnte.

Ihre so wach und aufmerksam wirkenden, flinken Augen sind beim Sehen nicht mehr die allerbesten, aber an der Stimme erkennt sie alle Bekannten, und derer gibt es viele, im gesamten deutschen Sprachraum, bis weit über Südtirols Grenzen hinaus. Wie oft rufen alte Bekannte schon von weitem:

»Marie, Marie, es ist nimma so wia friahr!« Und sie freut sich über jeden Besuch und bewirtet alle schon am Vormittag mit einem selbst angesetzten Nusseler. Die Nüsse bekommt sie, wie jedes Jahr, aus dem Überetsch von guten Freunden, die zweiundzwanzig Sommer bei ihr, in ihrem Häuschen verbrachten. Den Frühstückstisch hat sie jeden Tag mit Liebe hergerichtet, sonst haben sie sich selbst versorgt.

In der rußschwarzen Küche türmen sich in einer Schüssel eine ganze Menge Tassen vom Vortag. Hatte sie doch am Abend vorher bis 23 Uhr Gäste aus dem Allgäu, und der Gesprächsstoff geht an solchen gemütlichen Abenden verständlicherweise nicht so schnell aus.

Sie hat erst spät geheiratet, die Marie, mit 42 Jahren, und hauptsächlich deshalb, weil sie guter Hoffnung war. Leider hat sie dieses Kind infolge schwerer Holzarbeit vorzeitig verloren. Ihr Mann ist 1994 verstorben, und nun ist sie allein. Die Enkelkinder von der ersten Tochter besuchen sie zwar, aber meist nur, wenn sie etwas brauchen.

Sie jedenfalls möchte noch einige Zeit leben. Verschmitzt lacht sie, denn sie mußte dieses Jahr ihr Krankenkassa-Büchl erneuern lassen, und ich glaube, sagte sie, die haben sich extra Zeit gelassen mit dem Ausstellen, denn ich mußte ein ganzes halbes Jahr warten, aber nun habe ich es und werde auch noch den fünfundneunzigsten Geburtstag ordentlich feiern.

In der Zwischenzeit hat sie dies ausgiebig gemacht. Die ganzen geladenen und weniger geladenen, aber sehr willkommenen Gäste hat sie selbst bewirtet, und nun steuert sie frohen Mutes und mit voller Kraft auf den Hundertsten zu.

Von einer, die vom Leben vergessen worden ist ...

Sie ist dürr und lang, mager und hager. Alt ist sie nicht an Jahren aber im Aussehen, und sie unternimmt auch nichts dagegen. Die graumelierten, festen Haare trägt sie mit einem angedeuteten Mittelscheitel, im Nacken irgendwie locker verknotet. Die Augen sind groß und matt. Der Mund hat schön geformte, dunkle Lippen, die sie spitzt, zu einem Strich zusammen preßt oder über das fast zahnlose Kiefer spannt. Wenn es ihre Zeit zuläßt, streicht sie sich sonntags ihre Fingernägel rot, doch schon bald weisen diese infolge des Geschirr- und Gläserspülens nur noch klägliche Farbreste auf. Ja, in ihr schlummert noch ein kleiner Teil der gewesenen Eva. Hinter dem Schanktisch stellt sie sich auf die Fersen, dreht sich kokett, wippt dabei mit den Fußspitzen auf und nieder, ihre Beine wären lang und schön, wenn sich auf den Strümpfen nicht so oft eine Laufmasche ihren Weg suchen würde, aber das sieht doch niemand, wenn sie sich fast an die Kaffeemaschine schmiegt, deren Hebel mit beiden Händen festhält, ja fast zärtlich umklammert. Wenn sie nicht gerade bedient, weil ein Kaffee verlangt wurde, oder nach mehrmaligen Bestellungen und Ermahnungen den treuen Stammkunden ein Glas hinstellt, träumt sie vor sich hin, von ihrer ganz eigenen Welt. Eigentlich, so sagt sie, würde sie gerne in einem Nachtlokal arbeiten, da sie am Abend schwer einschlafen kann und immer so lange wach liegt. Da geht sie dann in den nahen Heizraum, starrt in das offene Feuer und hängt ihren Gedanken nach, baut vielleicht noch immer ihre Luftschlösser, um sie dann im Ofen mit dem Holz zu verbrennen.

Sie hat auf ihre Art einen Weg gefunden, ihr jetziges Leben mit dem geringsten Aufwand nicht zu meistern, nein, nur ganz einfach zu leben, wobei die Betonung auf einfach fallen sollte. Sie hat sich Scheuklappen angelegt, nicht nur visuelle, nein auch geistige. Weißt Du, sagt sie, von zu vielem Wissen bekommt man nur Kopfweh.

Gut war sie in der Schule, ein gescheites Mädchen. Sie konnte von allem etwas, und sie könnte es auch heute noch, aber sie hat all ihr Können und Wissen auf das Notwendigste reduziert. Es geht auch so, und wem es nicht passen sollte, der muß im Gasthaus ihrer verstorbenen Eltern und jetzt ihres Bruders ja nicht einkehren. Rundherum gibt es andere Lokale, wo es schöner, moderner, vielleicht auch bequemer ist und wo es hygienischer ausschaut, warum stört man sie dann in ihrem selbst gewählten Einsiedler-Dasein.

Sie wohnt im Untergeschoß des alten Dorfgasthauses, dort hat sie zusammen mit ihrer Schwester das Wohnrecht auf Lebenszeit. Sie ist die Herrin dieser Unterwelt. Sie besorgt die Wäsche, sie bedient die Heizung, sie verrichtet nach ihrem Gutdünken in Gaststube, Küche, Keller und Stall alle Dienste und Arbeiten, die gerade notwendig sind.

Sie füttert die beiden Schweine, aber nicht zu viel, sonst könnten sie übermütig werden. Sie macht alles so, wie sie es schon immer gemacht hat und wie es wahrscheinlich auch die Mutter immer gemacht hat. Es hat sich seit damals nichts geändert. Es soll sich auch nichts ändern. Wer sollte das auch schon in die Hand nehmen und vor allem wer sollte dafür die Verantwortung tragen, so breite Schultern hat keiner mehr. Zum Leben genügt das Vorhandene und vorhanden ist viel, zu viel, man könnte ein Antiquitätengeschäft oder besser gesagt einen Trödlerladen lange mit allerhand beschicken. Aber wer rafft sich schon dazu auf, oder wer wagt es, alte, bäuerliche Gebrauchtgegenstände zu entfernen bzw. zu verkaufen, lieber läßt man sie den unaufhaltsamen Weg der zeitlichen Vergänglichkeit gehen.

Das Dorfgasthaus

Eine glatte, breite, behäbige Fassade, die Fenster alle gleicher Größe, fein ordentlich über und untereinander, in gleichen Abständen, auf allen drei Stockwerken gleichmäßig angeordnet, so steht das Dorfgasthaus auf dem Kirchplatz der Kirche gegenüber, so wie's sich gehört. Auf jedem Fenstersims fristet die »Brennende Lieb« in alten mit Kalkblüten »verzierten« Tontöpfen ihr Dasein. Der Ablauf ihres Überlebenskampfes ist schon seit vielen Jahren derselbe: Der kurze Sommer ist zum Erholen und Kraft aufzutanken, um dann den langen Winter irgendwo in einem dunklen Kellergewölbe zu überstehen. Irgendwann im September, bevor sie von den ersten kalten Nächten wieder rote Blätter bekommen, entfalten sie ihre ganze Blütenpracht und rechtfertigen so ihren Anspruch auf das bescheidene Winterquartier. Die Gaststube, die sie von außen vor all zu neugierigen Blicken abschirmen sollen, ist düster, nicht mehr neu, aber auch nicht alt genug, um für nicht Einheimische interessant zu sein. Die Tische sind groß, also absolut nicht nur für einen Gast gedacht, ein Reklameaschenbecher steht darauf. In einer Ecke des Raumes gegenüber der Eingangstür hängen zwei übergroße Fotos jenes Paares, unter dessen Führung auch dieses Haus einmal seine Blüte erlebte, aber jetzt fristet es, genauso wie die Geranienstöcke, sein Dasein. Über dem Schanktisch strahlen einige moderne Halogenleuchten, aber dieser künstliche Sternenhimmel ist auch schon alles, was an die heutige Zeit mahnt. Über den Tischen hängen Schirme anno 60 mit den unvermeidlichen Sparlampen. Alles wirkt dumpf und desolat, wie die beiden fast geräucherten, ständig schief hängenden Jagdmotivdrucke. Überall spürt man das Fehlen lebender Energie, es ist alles verstaubt und eingeschlafen. Es gibt kein geschäftiges Kommen und Gehen, es gibt keine Kartenspieler und keine Holz- und Viehhändler, die hier ihre Geschäfte abschließen und mit Handschlag bei einem Gläschen besiegeln. Man lebt von dem, was einmal war.

Tassen und Gläser vom Vortag stapeln sich in der Spüle und warten darauf ein reinigendes Bad zu erhalten. Ab und zu vergewissert man sich, ob sich rein zufällig ein Gast hierher verirrt haben könnte, man empfände das heute aber sicher als Ruhestörung oder fast Hausfriedensbruch. Geduldet sind die Stammgäste, die an einer Hand namentlich aufgezählt werden können. Diese sitzen meist auf der schmalen Bank zwischen Schanktisch und getäfelter Mauer, sind sehr pflegeleichte, genügsame, begnadete Alleinunterhalter. Was deren Konsumgüterwahl betrifft, so sind sie beinahe anspruchslos, machen dies aber wieder mit der verbrauchten Menge und der abgesessenen Zeit wett.

Schon lange hat auch hier die Sonne der Zeit den Zenit überschritten, man will dies aber nicht wahrhaben. Bewußt oder auch gewollt unbewußt verschließt man davor die Augen und weigert sich stur, endlich selbst die Verantwortung für diese unabwendbare Dämmerung zu tragen. (Es gibt nämlich sonst niemanden mehr, der sie tragen kann und will.)

Von einem, der zum Dorf gehört ...

»Peitl, Du!« krächzt er, der Ander. Gleich linker Hand zur Gaststubentür sitzt er auf der schmalen Bank zwischen Pudel und getäfelter Wand. Er sitzt sprungbereit, nicht gemütlich, das rechte Bein noch gar nicht auf dem Bodenabsatz, das Gläschen Wein griffbereit vor sich. Im Verhältnis zu seinem eher schmächtigen, mageren, von Krankheit fast ausgezehrten Körper hat er lange, wohlgeformte Hände, besonders die Finger scheinen mehr für geistige und künstlerische Arbeit gemacht zu sein. Er braucht sie zum Reden, unterstreicht alles, gestikuliert, droht und zeigt auf den jeweiligen Gesprächspartner. Er ist ein Künstler, Beobachter und Menschenkenner, darum auch sein Platz gleich neben der Tür. Jeder eintretende Gast wird mit wenigen, aber treffenden Worten begrüßt oder, würde man den Ander nicht kennen, angepöbelt. Aber er ist so und hält mit der Wahrheit, mit seiner eigenen, ganz persönlichen, absolut nicht hinter dem Berg. Über das Dorf und seine Bewohner weiß er genau Bescheid, er kennt ihre Schwächen und wahrscheinlich auch so manches Geheimnis.

Den einen würde er in den Stall sperren, aber nicht zu den Stieren, nein zu den Ochsen, denn dort paßt dieser am besten hin, ist er doch einer der größten.

Alle musikalischen Ereignisse und Veranstaltungen seiner Heimatgemeinde werden unter die Lupe genommen und eingehend analysiert. Er hat selbst bei der Musikkapelle aktiv mitgewirkt und wenn dann ein Kapellmeister nur in der Luft herum rührt, anstatt fachgerecht zu dirigieren, so kostet das den Ander die ganze Stimme. Im Kirchenchor hat er 25 Jahre gesungen, ganz umsonst hat er von da oben in die Kirche geschrien, und Enttäuschung hört man aus dieser Bemerkung, denn er hat angeblich dafür nie eine Auszeichnung erhalten.

Ja die Auszeichnungen sind so sein Schicksal. Einige Jagdhornbläser seiner Gemeinde hätte er, als Landesobmannstellvertreter dieser Gruppe, namentlich zu einer verdienten Ehrung mit Medaillenverleihung usw. vorschlagen müssen. Der Ander hat alles ordnungsgemäß gemacht, wie er mit absolut treuem Blick versichert, und das rechtzeitig. Zur Jahresversammlung, anläßlich der die Verleihung hätte stattfinden sollen, wurde dann mit einem Kleinbus einschließlich Chauffeur ins Land gefahren, wollte man doch auf dem Rückweg ungestört und mit reinem Gewissen ein Glas darauf heben können. Bläser aus allen Landesteilen wurden geehrt, aber von den Auszuzeichnenden seiner Heimatgemeinde wußte niemand etwas. Nun, feucht fröhlich gefeiert hat man auf der Heimfahrt trotzdem, besonders der Ander, der hat allerdings mehr, immer seine Unschuld beteuernd, den Kummer ertränkt.

»Hósch in drei Tóg Zeit, weil do isch mei Begräibnis«. Zu seiner Beerdigung hat er bereits öfters geladen, war er doch schon einige Male nahe dran am »Gatterle«, wie er so sagt, und sollte einer der Jagdhornbläser bei diesem seinen letzten Gang falsch blasen, würde er ihm eine Schaufel voller Erde gerade ins Gesicht werfen oder zumindest wieder aufstehen. Er macht sich keine Gedanken mit dieser Äußerung jemanden zu beleidigen oder von der Teilnahme abzuhalten, denn zu seiner Beerdigung, davon ist er felsenfest überzeugt, werden die Bläser aus allen Teilen des Landes kommen, »I derstirb's lei nit«! Ja, er ist zäh der Ander, oder besser gesagt, wahrscheinlich ist seine Zeit noch nicht um.

Obwohl er beider Landessprachen mächtig ist, gebraucht er die eine nur zum Unterstreichen und seinem Ärger Luft zu machen. »Cavolo, Cavolfiore« krächzt es wieder aus der dunklen Ecke des Gastlokals, und alle Anwesenden sind gespannt, was den Ander zu solchen Äußerungen veranlaßt. Ja, italienisch spricht er nur, wenn es sein muß und natürlich aus Höflichkeit, denn seine Muttersprache hat absolut den gleichen Wert, und das weiß er nicht nur, er ist auch fest davon überzeugt.

Irgendwann am Nachmittag wechselt er dann vom weißen zum roten Wein, der jedoch bei jedem neuen Gläschen, Dank der persönlichen Bedienung des Wirtes, immer etwas heller wird. Und so sitzt der Ander und wird mit und ohne Zuhörer immer gesprächiger und immer kritischer, bis dann der Augenblick kommt, wo es ihm sinnvoll erscheint, das Lokal zu wechseln um so seinem Heimathaus langsam näher zu rücken.

Ausleben

Sternschnuppe

Vielleicht war es nur eine Sternschnuppe, eine ganz flüchtige, zufällig mit dem Auge erhaschte, eine schnell und intensiv aufleuchtende. Ich weiß es nicht. Ich habe nach ihr gelangt, ich wollte sie festhalten. Nichts halte ich aber in den Händen. Kälte und Dunkelheit umgeben mich. Doch in meine Seele hat sie eine Kerbe gebrannt, eine tiefe schwer zu heilende, sie schmerzt und wird es noch lange tun.

Ich habe mich frei gefühlt und trotzdem süß und innig festgehalten. Nun schwebe ich wie ein Blatt langsam kreisend zu Boden. Schwache, nicht mehr wärmende Sonnenstrahlen begleiten mich, versuchen mich noch zärtlich zu streicheln, aber das ist alles.

Ich liege am Boden. Die Landung war nicht so hart wie ich glaubte. Wassertropfen, welche die Natur geweint hat, geben mir letzte Kraft und Frische. Langsam wird alles Irdische schwinden, sich auflösen und mit der Erde eins werden. Eins werden klingt so schön, ist es so, werde ich nicht nur ganz einfach absorbiert und meine Spur, die ich zu hinterlassen hoffte, ist weg.

Der neue Tag

In Dunkelheit hüllt sich die schwangere Nacht, sie will gebären, sie langt nach dem Licht, sie strebt ihm entgegen. Ganz langsam wird es im Osten heller. Das Schwarz wird zur Dämmerung, löst sich auf, wird immer dünner, zieht sich im Halbkreis vom Horizont. Schmerz- und nahtlos, ohne sichtbare Grenze, schiebt sich das Licht empor. Das Dunkelgrau der Landschaft weicht zurück, Farben werden sichtbar, nur ganz zaghaft zuerst, dann immer kräftiger und greller. In den noch langen Schatten versucht die Nacht noch weiter zu leben um auch etwas von der Schönheit des Tages zu erhaschen und sich an der Vielfalt der Dinge zu erfreuen. – Sie ist die andere Seite. – Sie kann unterstreichen und betonen und Werte sichtbar machen, die im grellen Mittagslicht platt und erdrückt dastehen. Sie kann sich an dem neuen Kinde der Zeit erfreuen, es mit allen guten Wünschen ins Leben schicken. Am Abend wird sie es abholen und auf dem allerletzten Weg begleiten.

Habichtskraut

Die Blume, die du mir gabst, hat wohl mit einem Raubvogel wenig gemeinsam. Sie ist unscheinbar und darum für mich schön, von einer stillen Schönheit. Zart gelb ist ihr Blütenkopf, ebenso zart ist der Duft, den sie verströmt, wie Muskatellerpfirsiche, die mit dem weißen Fleisch, hast du gesagt. Ich schließe die Augen und sauge diesen Duft ein. Er ist nicht aggressiv und nicht betörend, nein weich wie Samt, unauffällig und doch bestimmend, wie eine tiefe, schöne Liebe, die nicht betäuben und nicht weh tun will.

Du hast sie mir mitgebracht, diese Blume, aus jenem Ort, wo du uns gemeinsam sahst, wo du dir unsere Gemeinsamkeit in Eintracht und Liebe vorstellen konntest.

Du hast sie für mich gebrochen. Ihre drei Blütenköpfe haben nun fast ausgeblüht, sie sind bräunlich, und ihr Stengel ist geknickt. Sie konnten keinen fruchtbaren Samen hervorbringen. Ihr Leben war kurz wie die Freude, die sie spenden konnten. Die graugrünen Blätter verblassen und werden langsam gelblich.

Heute hast du auch mich gebrochen, ich kenne nicht den Grund, ich weiß nicht warum. Wie ein Habicht hast du dich auf mich gestürzt und mein Herz zerkratzt und aufgerissen. Wahrscheinlich habe ich auch für Dich ausgeblüht und Reiz und Duft verloren.

Ich – eine Frau

Nicht ertragen und mittragen – nicht ergänzen
und ausgleichen – nur sein, sein wie ich sein sollte –
– sein wie ich bin!
Ein eigenständiges, handelndes,
denkendes, fühlendes Wesen:

EIN MENSCH

Ein kreativer, Leben und Freude spendender
Mensch:

EINE FRAU

Eine Frau mit der Intuition, der Kraft, der Größe
und der Macht einer Frau.
So will ich sein – so werde ich sein!

Freiheit

Ich habe lange gesucht, und langsam finde ich.
Ich habe außen gesucht und glaubte zu finden.
Nun suche ich innen und ich weiß, daß ich finde.

Ich fühlte mich von einer hohen, undurchsichtigen, anliegenden, beklemmenden Hülle umgeben.

Ich glaubte Freiheit zu haben, doch es war nicht jene, die für mich war, die mir zustand, die mich atmen ließ, tief atmen, tief bis zu den Fußsohlen und bis zu den Fingerspitzen.

Doch nun wachse ich von innen, die Hülle bekommt Sprünge, und langsam schäle ich mich heraus, vielleicht wie ein Schmetterling aus der Puppe. Ich glaube wirklich Flügel bekommen zu haben, die Flügel der inneren Freiheit. Es ist dies eine Freiheit, der keine Grenzen gesetzt sind, die mir gehört, die ich wachsen oder verkümmern lassen kann, die ich nähren oder die ich darben lassen kann.

Diese Freiheit will ich nicht nur hegen, pflegen und wachsen lassen, ich will sie schmücken und bunt bemalen, und jeder, der diese meine Freiheit mit mir teilen will, dem leih' ich gerne meine Flügel.

Vielleicht läßt er dann zu, daß auch seine Flügel wachsen.

Geburtstag

Es ist schön, Rückschau zu halten auf das eigentlich noch kurze aber trotzdem ausgefüllte und erfüllte Leben. Die Schwelle des halben Jahrhunderts ist überschritten, die Leiter der Zeit erklommen. Manchmal fehlten Sprossen, einige waren angeknackst und vielleicht auch schon morsch; sie wurden überwunden oder gemeistert, ganz einfach ausgedrückt – es gab dafür keinen anderen Weg. Nun stehe ich da, hole Luft und tanke auf. Ich will weitermachen, weiterleben, lieben, leiden und weiterlernen. Doch wie viele Sprossen bleiben mir noch? Wie weit, wie hoch reicht meine Lebensleiter? Weiß ich das, ahne ich es? Richte ich mich unbewußt danach aus, teile ich vielleicht ein und programmiere, ohne es zu wissen? Haben wir doch alle diese Verbindung, diese Nabelschnur zum ewigen Sein, das uns hilft und vor allem helfen möchte. Nicht immer lassen wir es zu, unser so schöner freier Wille hindert uns daran. Er macht uns unfrei. Wir sind nicht mehr fähig, uns leiten oder führen zu lassen, in die Zeit und mit der Zeit treiben zu lassen, wie ein Blatt im Wind oder auf dem Wasser. Wir wollen mitrudern, den Kurs und die Geschwindigkeit bestimmen, und was dann oft übrig bleibt, sind gestrandete Wracks, nicht mehr seetüchtige Relikte, die den Weg des Seins säumen und auf eine Flutwelle warten, die sie dann doch wieder hochhebt und weiterträgt, vielleicht an ein ganz anderes Ufer und Ziel.

Ich versuche nun, mich treiben und mitnehmen zu lassen, dem Guten und dem Gefühl vertrauend, besonders aber meinem inneren Kompaß, wissend, daß die Nadel auf den richtigen Pol ausgerichtet ist.

Erlebnis Vergangenheit

Nichts hat er vergessen, plötzlich sieht er alles vor sich wie damals.

Vor genau 46 Jahren hat er dieses Gebiet das erste Mal betreten und nun geht er diesen Weg noch einmal. Als Hirtenjunge wurde er den Sommer über hierher geschickt, und als reifer Mann, fast schon in den Ruhestand getreten, kehrt er hier zurück. Er geht dieselben Pfade, Erinnerungen werden wach, schöne, aber auch für Kinderseelen schmerzhafte Erinnerungen. Seine Vertrautheit zur Natur, seine Bodenständigkeit, seine Liebe zu den Bergen und zu den einfachen Dingen hat er hier erhalten. Er kennt die Pflanzen, er weiß ihre Wirkung, wann sie erblühen und wann man sie sammeln soll, doch wie komisch, er kennt ihre Namen nicht. Er weiß, wie sie riechen und unter welchen Bedingungen sie am besten gedeihen. Er weiß, daß sie die Ziegen mit Vorliebe verzehrten, ihr ganzes Maul roch danach, wenn sie in den Stall heimkehrten.

Ja, die Ziegen, er hat sie geliebt, besonders die kleinen Kitze. Auf schwachen, dünnen Beinen liefen sie der Mutter nach, riefen immer wieder nach ihr. Es war nicht das übliche Meckern der Ziege, nein, es klang wie das Rufen eines Kindes. Die Erinnerung an diese Tiere berührt in ihm wieder eine Wunde, die er schon vernarbt und vergessen glaubte. Mußte er doch als zehnjähriger Junge jeweils zwei dieser Tiere mitten in der Nacht in einem riesigen Ruckkorb weit von der Mutter wegtragen. Es mußte noch absolute Dunkelheit herrschen, damit sich diese Tiere ja nicht den Rückweg merken konnten. Das Gehen zu diesem abgeschiedenen Weideplatz war beschwerlich, er war vom übrigen Almgebiet durch eine kleine, aber steinige Schlucht getrennt. Der Senner, der mitging, und der Hirtenjunge verbrachten dann einige Zeit damit, die Tierlein immer wieder zurück zu jagen, und noch bei Dunkelheit kehrten sie dann zu den Almhütten zurück. Die zurückgelassenen Kitzlein sollten sich an das Grünfutter gewöhnen und mußten so den ganzen Sommer über auf der anderen Talseite, zuerst jämmerlich weinend, dann sich dem Schicksal fügend, verbringen. Vor dem Almabtrieb wurden sie dann wieder geholt. Damals verstand

er den Sinn dieses Trennens überhaupt nicht – vielleicht geschieht dies in seinem Inneren auch heute noch so –, aber das Muttertier, die Ziege, gab auf diese Art die gesamte Milch für die Alm ab.

Für ihn war es eine harte Lebenserfahrung. Seine Einstellung zu Liebe, Kinder und Mutterschaft wurde da sicher maßgeblich geprägt und beeinflußt. Nach knapp einem halben Jahrhundert begreift er nun langsam, was in ihm damals vorging. Irgend etwas zerbrach in ihm, und vielleicht hat er Zeit seines Lebens versucht, es irgendwie wieder zusammenzufügen und zu kitten und eine Rechtfertigung dafür zu finden.

Acht Bauern hatten hier das Alm- bzw. Weiderecht.

240 Kühe, 240 Schafe und genau so viele Ziegen konnten aufgetrieben werden.

Die Weide gab genug her, und die Tiere konnten, wenn auch hier nur begrenzt, in der freien Natur leben.

Noch heute dreht er, manchmal unbewußt, die von Wind und Wetter gedörrten Kuhfladen des letzten Sommers um und zerstößt sie mit seinem Wanderstock, damit sie als Dung ihre Wirkung tun. Für die Hirten war das auch eine ihrer Aufgaben. Wer denkt aber heute noch darüber nach?

Am Oberen Saum angekommen, liegen sie vor ihm, die drei Seen, der kleine, der lange und der große. Es sind drei schöne, saubere, verschieden geformte Wasseraugen, in denen sich der Himmel und die Wolken spiegeln.

Das Wasser ist kalt, eisig kalt. Für das bloße Auge regt sich darin auch kein Leben. Eine kleine Eiszunge des letzten Winters ragt noch hinein und löst sich langsam auf.

Riesige, zerklüftete Felsbrocken bilden fast eine Ringmauer. Ein Landschaftsgärtner hätte seine größte Freude daran. Zerzauste Alpenrosen wachsen aus Gesteinsklüften hervor, nur so können sie auf dieser Höhe Wind und Wetter trotzen.

Die riesigen, kantigen Urgesteinsbrocken sind mit einer grünen Flechte überzogen. Auch diese unscheinbare, grüngelbe Pflanzenschicht erfüllt in der

Natur ihre Aufgabe. Schon oft hat er Gemsen beobachtet, die mit ihren Vorderzähnen diese Flechten vom Fels abraspeln. Dadurch erhalten sie auch während der kargen Jahreszeit alle für sie wichtigen Mineralstoffe.

Regenwolken haben sich inzwischen am Himmel zusammengezogen. Einige Tropfen fallen. Die Temperatur sinkt auf dieser Höhe schnell, liegen doch Frühling, Sommer, Herbst und Winter so dicht beieinander. Mögen Gegend und Wetter noch so unwirtlich scheinen, hier gibt es kleine, geschützte Mulden, in denen er sich wie in einem Nest geborgen fühlt. Wo er ausrastet, wo er nachdenkt.

Er beobachtet die andere Talseite, die Schattenseite, und weitere Erinnerungen an seine achtjährige Almzeit kommen auf.

Drei Sommer war er Hirte, fünf war er Senner.

Neben ihm auf der Almwiese wachsen Goldruten, sie blühen noch nicht. In der Zwischenzeit kennt er ihren Namen. Hatte damals ein Tier eine Beinverletzung oder eine eitrige Entzündung, mußten die Hirten diese Pflanzen sammeln, einen Absud bereiten und dann auf die Wunde legen und dann – wie konnte es anders sein – gesundete diese. Wie hätten sie auch einen Tierarzt rufen können, wo der Weg von seinem Heimatdorf bis hierher zu Fuß zurückgelegt werden mußte.

Jeweils an einem Sonntag im Monat durfte er nach Hause, wahrscheinlich war es schon aus rein hygienischen Überlegungen notwendig.

Sie trugen keine Socken, nein, nur Fußtücher und auch sonst nahmen sie es ihrem Alter entsprechend mit der Reinlichkeit nicht sehr genau, war das Wasser doch so kalt.

An diesem besagten Tag, einmal im Monat, wartete seine Mutter bereits mit einem Zuber warmen Wassers und schrubbte ihn, nach gründlichstem Einweichen – im wahrsten Sinne des Wortes sauber.

Waren die Tiere alle an Ort und Stelle, das heißt die Schafe ganz oben und die Kühe weiter unten, so fand sich für die Hirten immer noch genügend Beschäftigung. Mit den bereits erwähnten großen Ruckkörben mußten sie abgefallene Nadeln als Streu einsammeln. Nicht etwa die großen Nadeln der Zirbelkiefer, das wäre für sie zu schön gewesen, nein es mußten die feinen der Fichten sein, und so ging manchmal wirklich der Korb mit ihm, und nicht er mit dem Korb den Berg hinunter. Es galt aufzupassen, denn unter dem schönen, dicken, weichen Moosboden waren Klüfte und Risse, und der Gedanke, die Nadeln nochmals einsammeln zu müssen, gebot ihm äußerste Vorsicht.

Bald werden auch hier wieder die ersten Schneeflocken fallen, die Erde wird sich wieder eine lange Ruhepause gönnen, die Hütten werden geräumt und verschlossen werden, und der Almabtrieb bedeutet das Ende des Bergsommers.

Wenn er das kräftige, unverwüstliche Bürstlingsgras auf den mageren Stellen des Almbodens sieht, denkt er an die kranzgeschmückten Kühe, die stolz und wohlgenährt den Heimweg antreten.

Mit einem Ruck zieht er ein Büschel dieses Grases heraus, es ist noch ganz grün, erst im Spätsommer verfärbt es sich stufenweise von orange, grün bis braun. Zu seiner Zeit fertigte man damit die Kuhkränze an. Als bunter Wedel ersetzte dieses Gras die Glasfaserfedern, die man heute vielfach auf kunstvoll angefertigten Kuhkränzen anbringt.

Langsam dreht er das Grasbüschel zwischen seinen Fingern. Er sehnt sich nicht nach dieser Zeit, aber er ist dankbar, daß er sie so erleben konnte.

Vieles ist anders. Meist einfacher und schneller, aber nicht unbedingt schöner und geruhsamer ist die Zeit geworden, und die Erfahrungen, welche die Kinder machen, sind schon lange nicht mehr die seinigen.

Es war alles mühsamer, aber vielleicht ging alles tiefer. Die Eindrücke und Erlebnisse waren tiefer aber auch die Wunden, die er heute mit dem Balsam »Zeit« beträufeln durfte.

Inhaltsübersicht